亲亲麦子

香 著

江苏凤凰文艺出版社

图书在版编目（CIP）数据

亲亲麦子 / 张佐香著 . -- 南京：江苏凤凰文艺出版社, 2013.9 (2022.10重印)
ISBN 978-7-5399-6497-3

Ⅰ.①亲… Ⅱ.①张… Ⅲ.①散文集 – 中国 – 当代 Ⅳ.① I267

中国版本图书馆 CIP 数据核字 (2022) 第 134229 号

亲亲麦子

张佐香　著

责任编辑	王昕宁　张　倩
责任印制	刘　巍
装帧设计	徐芳芳
出版发行	江苏凤凰文艺出版社
	南京市中央路 165 号，邮编：210009
网　　址	http://www.jswenyi.com
印　　刷	江苏凤凰通达印刷有限公司
开　　本	880 毫米 ×1230 毫米　1/32
印　　张	7.75
字　　数	170 千字
版　　次	2013 年 9 月第 1 版
印　　次	2022 年 10 月第 11 次印刷
书　　号	IBSN 978-7-5399-6497-3
定　　价	29.80 元

江苏凤凰文艺版图书凡印刷、装订错误，可向出版社调换，联系电话 025-83280257

目录

梦见月亮的南瓜

稻子 …………………………………………（3）
亲亲麦子 ……………………………………（5）
性急的韭菜 …………………………………（7）
青青豆荚 ……………………………………（9）
青菜胜花 ……………………………………（11）
梦见月亮的南瓜 ……………………………（13）
豆架是一种心境 ……………………………（15）
思想着的向日葵 ……………………………（17）
燃烧的油菜花 ………………………………（19）
构思珠贝的玉米 ……………………………（21）
春天的见面礼 ………………………………（23）
关于山芋 ……………………………………（25）

细数梦里飞花

洁净之莲	(29)
野菊恋东篱	(31)
四月的蔷薇	(33)
鲜花·绿草·爱情树	(36)
桃花为谁开	(38)
梅是一种精神背景	(40)
兰 韵	(42)
陌上花开	(44)
在柳絮的梦里遐想	(46)
栀子花开	(49)
食花	(51)
心版上的花	(53)
凝望开花的树	(56)

盛满幸福的篮子

母爱如棉	(61)
外婆的枸杞	(63)
母亲的汤圆	(65)
手	(67)
家有乖乖女	(69)
人生是用来享受的	(71)
享受痛苦	(74)
享受闲适	(76)
享受寂寞	(78)

享受宁静	（80）
灵魂之爱	（83）
牵挂是一种美丽	（86）
推开幸福之门	（88）
孩子,妈妈对你说	（90）
父亲	（92）

流年里的光和影

绿	（97）
丝桐琴韵	（99）
碧水清荷	（101）
柳是奇女子	（103）
那一片芦苇	（105）
玉想	（107）
炊烟是乡村的生命树	（109）
流年里的光和影	（111）
珍藏	（113）
桥	（115）
个园竹韵	（117）
西湖三题	（119）
竹思	（123）
大地上的智慧树	（125）
与草有关	（128）
树是线装书	（130）
春天的步调	（133）
透明的时光	（135）

有爱心的人活在天堂 …………………………………… (137)

灯光,高挑精神枝头的花朵

心泉 ………………………………………………………… (141)

灯光,高挑精神枝头的花朵 ……………………………… (144)

夜朗书香 …………………………………………………… (146)

聆听许巍 …………………………………………………… (148)

凿一条心径 ………………………………………………… (150)

让心灵站立 ………………………………………………… (152)

呼唤大师 …………………………………………………… (155)

艺术的别名叫药 …………………………………………… (157)

宋词的忧伤 ………………………………………………… (159)

无用即大用 ………………………………………………… (161)

浩然之气 …………………………………………………… (163)

思想的树叶

单纯 ………………………………………………………… (169)

在水的光芒里行走 ………………………………………… (171)

鹰的启示 …………………………………………………… (173)

心存感恩 …………………………………………………… (175)

千古明月心 ………………………………………………… (178)

走进心灵的圣殿 …………………………………………… (180)

初心 ………………………………………………………… (183)

清洁的精神 ………………………………………………… (185)

和谐至美 …………………………………………………… (188)

思想的树叶 ………………………………………………… (190)

目录

忧患之声 …………………………………………（192）
生命不能被设置 …………………………………（194）
美在功利之外 ……………………………………（196）
头顶的星空 ………………………………………（198）

穿越时空的声音

坐看云起 …………………………………………（203）
在山水与功名之间 ………………………………（205）
大唐一壶酒 ………………………………………（208）
让菊名满天下的人 ………………………………（210）
穿越时空的声音 …………………………………（213）
错为人间富贵花 …………………………………（215）
宋朝的丰碑 ………………………………………（217）
一灯能除千年暗 …………………………………（219）
伟辞贯日月 ………………………………………（222）
向死而生 …………………………………………（225）
在秋天怀念秋白 …………………………………（228）
尊严 ………………………………………………（230）

附录：

张佐香访谈录（李超、张佐香）…………………（234）

梦见月亮的南瓜

稻　子

布谷催播，劳燕护耕，黄阡紫陌之上，农人把古老的土地犁开一条条垅沟，整理成平如方砖的秧圃，撒下稻谷的种子。春雨陆陆续续来过几次之后，秧圃上可以见到苗儿破土而出。

季节一抬脚迈进初夏的门槛，田埂上便站满了插秧的人们，男女老少绾起裤腿捋起衣袖。天空跌进了水田里，打湿了几朵淘气的白云。父亲挑着码得像宝塔似的秧把走到田边，弓腰放下扁担，用衣袖抹了抹额上的汗滴，提起秧把在空中划出一道优美的弧线，秧把们"啪啪"地站到水田里。母亲顺手抓起秧把，把它腰上的稻草扎儿拆开，一分为二，左手握住半把秧苗，然后用拇指、食指、中指敏捷地捻动，秧苗儿就一株株地分开，右手快速地夹住，再往水田里插去。母亲的左右手配合得极为默契，她插秧时手指撩起的水花从不间断。在母亲移动过的水田里，嫩绿的秧苗一行行竖了起来，整齐匀称，像一块绿色的地毯。母亲是一位高明的织工，织着绿锦。母亲用她的汗水染绿白晃晃的水田。

村庄不动水稻在动，生动的水稻用叶片、用色彩托起了家园。站在村头河堤上极目远眺，满天的绿像一场大火在田园里燃烧。故乡秧苗的绿是一种燃烧的色彩。诚然，除了绿之外还有红、黄、绿、白，或其他颜色，就像世事一般混乱繁杂，没有章法。但对于一场自天而降的燃烧的绿色,其他颜色都可以忽略。它们漫天遍野孕穗、灌浆、成熟,每一个步骤都轰轰烈烈。风一阵接一阵来,像一些清清凉凉的水从水稻的心上润过去,润过去……水稻把想说的话语轻轻地藏在心底,水稻把梦中的细节静静地藏在胸中。风吹翻了水稻的结构,吹动了水稻的情节。我一路踏着水稻的青春,在水稻的目光里缓缓行走。

有了稻田,秋天才摇摆出各种姿态。稻子一天天走向成熟,空气里弥散着稻香。风拂动着农事,弯镰银光闪闪,割稻的人们身躯起伏着。父亲弯腰探身,先用有力的手臂把一铺稻子揽在怀里,再把脸伸进稻棵中深吸一口气,然后把镰刀插进了稻丛中。"唰唰唰"的镰刀声擦过我的耳际,父亲一路势如破竹。灿白的阳光从父亲的肩头滑过去,在刀刃上"毕毕剥剥"地碰撞出透明的火花。稻谷上洒满了阳光的碎片。

稻子以自己的倒下为人类的站立奠基。稻子骨肉分离,被分割成稻茬、稻草和稻谷。稻谷脱胎换骨变成一种称做米的物质,空气一般滋养着人类和人类源远流长的历史。一粒米置于手掌上,无论凸立于哪一条纹路,都可以温暖我。一粒米是稻子献给人类的庇荫;一粒米是一种温暖的光泽;一粒米营养着人类的肉身和灵魂。

大片大片的稻茬静静地躺在大地的河床上做梦。齐刷刷的稻梗直挺挺地站立,被秋天捧在手里,在村前村后向最远的地方延伸。稻子由光秃秃而绿油油而金灿灿,这是所有生命沿袭的轨迹,人类也不例外。稻子的使命并非在于其生长的过程中装扮自然,而在于滋养生命的新生。这一种死亡与新生的转换,数千年来不可或缺。缘此,稻子才叫稻子,一叫千百年。

亲亲麦子

麦子是一枝灿烂而实在的花朵,开在万里田畴之上,开在农民心坎上。

麦子的颗粒很美,有土壤般朴素柔和的质地和本色。一粒麦子是美丽的,一棵麦子是美丽的,一地麦子还是美丽的。麦子生命的每一个过程都是美丽的。麦子原本是一粒种子,浸润了阳光、空气、水分,结出黄灿灿的麦粒,丰富了我们的血液和躯体。麦子用它的物质颗粒和精神内核书写着人类的历史。

秋阳拂照四野,耕耘过的田畴袒露出丰腴的肌肤,随着父亲手臂的挥动和铿锵的步伐,麦粒穿过深秋的空气落入土地。田野上空一阵又一阵金色的雨在秋阳里一闪一闪。父亲脸上荡漾着微笑的涟漪,把麦粒交给生命的家园。种子要想不丢失自己,就必须返回它生命的家园,走向疏松湿润的土壤,吸收大地的微温和芬芳。在秋雨的润泽下,绿色的剑刺破黑暗的泥土指向天空。嫩嫩的绿芽儿探出头来,它们挨挨挤挤地住在一起,以盛大的形式展开,以集体的力量显示其生存的意义。

麦子从容地迈过冬天的门槛,第一个用绿色的手与春天紧握。清纯的麦苗相依相扶、牵牵连连,一直铺向遥远的远方。瞬间,万野绿遍,大地尽染。麦子在一望无际的田畴尽情地拓展绿色的海洋。大地

亲亲麦子

融进了蓝天,蓝天陷进了绿海。此时的乡亲们忙着在麦海里除草施肥。麦子在人类的呵护下,展示着拔节吐穗、开花灌浆的生命过程。麦子和人类在和谐的默契中相互期待、相互拥有。

麦子把生命之花开在头部,最完美地接受阳光雨露。麦子终于完成了对生命的雕塑,不动声色地吐露出饱满的穗子。麦穗就是国徽上的那穗。麦穗是绝妙的艺术品。数十粒麦子团结起来,井然有序地排列成一个柱体。麦粒大头朝下,小头尖尖向上,汗滴一般,而麦芒如剑直指蓝天。风来了,麦浪一波又一波,似乎整个大地都跳起了舞。父亲去看麦子的长势,怜惜地扯下几根麦穗搓着,然后眯起眼,吹起麦芒,将一手心鲜嫩的麦粒倒进嘴里。我去嗅麦子清香的味道,像掬起一捧水那样,用双手捧着几株麦穗,将脸贴在它们的上面,我手捧着它们表达我的亲近。在我心里,麦子就是我永远的亲人。

看母亲割麦是一件赏心悦目的事。镰刀闪着星月一般俏丽的锋芒。母亲一手抡开镰刀,一手揽麦入怀。镰刀贴着地皮,挥出一道优美的弧线。瞬间,麦子便倒进母亲温暖的怀里。顺手,母亲抽出一绺作"要子",就势将麦铺翻转过来,捆好。麦把从腋间滑落下来,躺在田垄上。这一连串的动作一气呵成。农民为麦子备好行囊,走进炊烟袅袅的村庄。麦子收后的田野静静如苍。母亲细心地寻找麦穗,唯恐遗漏一粒,像在寻找土里的珍珠。融入了阳光、雨露、汗水的麦粒,是大地之树结出的鲜亮的果子,是大地母亲分泌的乳汁,哺育着人类。麦子是芸芸众生生命的基本元素,锻造着我们的灵魂。

麦子从容地走完真善美的一生,生根,长叶,开花,结果,奉献⋯⋯麦子,普通而神圣的麦子,朴素而雅致的麦子,养育我们血脉和精神的麦子,弥漫着文化意蕴,流淌进海子纯洁的诗篇。面对你,我满心是俯首膜拜,诚谢敬仰!

性急的韭菜

春天是从园子里那一畦韭菜抵达人间的。清晨,性急的韭菜最先醒来,伸展腰肢,左顾右盼。淡淡的水雾氤氲起来,笼罩着池塘与相邻的菜园,微温的春水苏醒了。乳白色的雾霭、悦耳的鸟语与滴落的露珠合奏一支曼妙的晨曲。

早起的母亲,移开篱笆上的栅栏,不疾不徐地走向菜园,弯下腰把一竹篮从灶膛里掏出的草木灰依次撒在一小撮一小撮的韭菜上。母亲又提水,专注地一勺一勺洗掉韭菜夜中的倦怠。菜畦碧了,雾霭散了,朝阳的光辉系在篱笆上。在袅袅的炊烟中,有暗香盈袖。

故乡的菜园设在河边塘畔。韭菜是园子里不可或缺的菜蔬,紧挨水边的边角地是种韭菜的绝佳之处。有了水汽滋润,韭菜才会鲜嫩可口。韭菜只要种一次,便可以反复收获,割了长,长了割,一茬又一茬。每隔几年,母亲就要重新整理菜畦。先在夏天挖出韭根,用剪刀剪平茬,修好根,再松了土重栽,来年的韭菜越发旺长。池塘里的水汽不舍昼夜地浸润,饮无数雨露,韭菜穿起了绿色的盛装。细长、圆润、洁净的绿叶往两边梳,曲线上流动着柔和的韵律。我称韭菜为天下第一绿。那一畦绿呀,涸湿人的心田,洗亮人的双眼。

母亲在菜畦上锄草浇水,我在菜畦中捕白蝴蝶。蝴蝶一定是把韭菜当成藏住花朵的绿草丛了,上下翩跹,恋恋不舍。后来,歇在了一朵韭菜花上，合上了花翅膀，继续馋小孩。洁白细小的韭菜花清静地开着，不香也不够美，仿佛只是点缀。没有蜜蜂光顾，也没有爱美的女孩子摘一朵别在发际。它将所有的热情都献给韭菜了。我说："妈妈，韭菜开花了。"母亲笑了，转过身问我："韭菜花也能算是花吗?!"在大人的眼里，只有鲜嫩可口的韭菜叶。

韭菜是我最爱吃的菜蔬。我在一本小册子中找到了爱吃韭菜的原因。书中说，植物是有感情的，如果你喜欢某种菜，而它又喜欢你，乐意被你吃掉，就会分泌出某种物质让自己变得好吃。带着露水割的韭菜分外鲜嫩。清晨，韭菜上的露珠晶莹跳跃，母亲蹲下身子用镰刀轻轻割起一丛，放入小竹篮，再接着割下一丛。尔后，择叶，洗净，切碎，再加入百叶。在铁锅烧得发红油烧得清亮时入锅，用旺火爆炒。片刻即出锅。置于桌上，青绿中点缀几丝白色，入目清新，让人联想起柳丝轻飏中，有白衣少女穿花拂柳而来，只是看看也悦目，悦心，悦神。举箸入口，清香扑鼻，清新鲜美，别有一番清芬。韭菜炒虾米可谓人间至味。虾是天下第一鲜，佐以韭菜，堪称绝配。

五代十国的杨凝式将韭菜推向了形而上的层面。杨凝式是一个有意思的人。一个能将韭菜放进眼里的人，一定是一个有心人；一个对韭菜都关注热爱的人，一定是一个可爱的人。杨凝式昼寝乍起，有朋友送来一盘羊肉和一碟韭花。他食毕，提笔写信致谢。写信时，他的心情自然舒畅，因而《韭花帖》也就散散淡淡，字字胜似闲庭信步，且字字含情脉脉，顾盼间让人流连忘返。

此时，故乡的韭菜正在蛙鼓萦绕的池塘边抽叶萌绿。韭菜所包含的元素，一回回为我提供能量；韭菜蕴藏的诗情，一次次洁净我的心灵。

青 青 豆 荚

春天的田埂是个爱美的女子,两鬓戴满了各种各样的野花。田埂的脊背空出来,留着给母亲种豆。母亲迎着春阳,挑着码得平平整整的青豆苗和草木灰,外加一把小锄头,慢悠悠地来到田埂旁。沿着田埂,母亲每隔两尺挖一个小坑,抓把草木灰扔进去,那就是基肥了。一个小坑种下一棵脆生生的豆苗。豆苗儿弯弯的小脑袋像雏鸭的小绒嘴,黄黄的。

饮无数春雨晨露,一地的豆苗像云彩似的,千帆过尽,荡起几许惊喜,绿意渐浓。绿叶丛中开出白里透紫的花。我喜欢给它们浇水,一瓢一瓢往它们身上泼。倏然一声,水珠滚下去,落在地上,湿了脚,不是我的脚,是豆苗儿的脚。母亲在一旁呵斥:"慢点儿,别把花儿浇落了。"

白里透紫的小花朵不知哪里去了。豆棵上结满了青青豆荚。豆荚是多胞胎植物,它们尊幼有序地坐成一排。太阳把豆荚晒得暖洋洋的,雨儿把豆荚淋得滋润润的。豆荚在生长,豆粒也在生长,青青豆衣是它们的睡床。沉沉地睡在甜蜜的梦乡里的毛毛豆,它们在想些什么呢?!作为一个人,我在揣想一颗豆的愿望。我固执地认为,豆荚是懂得哲学的。它用花朵呐喊,用果实说话,用生命的种子繁衍后代,甚至每一片叶子都是会歌唱的喉咙。

亲亲麦子

豆荚熟了。它们挂在豆棵上,饱满实在,像被母亲梳理过的一个又一个丰盈而充实的日子。豆荚的清香飘在五月的黄昏里。母亲穿行在青青的豆荚丛中,凝视着身前身后会心地笑,然后弯腰一阵忙碌,竹篮里堆满了绿绿的饱满的豆荚。

回到家,把豆荚倒在地上。我和母亲一边说话,一边剥豆荚。我很感激古人发明了"剥豆荚"这个词。我深入这个词语的内核,左手捏住豆荚的角,右手除拇指以外的四指托着豆荚,拇指顺着豆荚两瓣壳合拢的线条向内用力一挖,豆荚就炸开了。尔后,拇指沿着豆荚朝下一捋,数颗绿绿的粉粉的小豆子便准确地滚进右手的掌心。倘若碰上调皮捣蛋的,它也会蹦出去,在地上打几个滚,躲到凳子下面。我的四周弥散着田野里特有的清新的豆荚的气息。时光静静地流淌。此刻,你会觉得一个人活得滋润,并非一定要去当总统、当将军。盘腿而坐,剥着豆荚,也就占尽了季节的风情。

豆荚剥好后,母亲翻箱倒柜找针线,把豆子一粒一粒穿好,串成豆子项链,放到粥锅里煮。粥煮熟了,豆粒也就熟了。母亲捞出一串"项链"放冷水里浸一浸,挂在我小小的女儿的脖子上。女儿总是先向她爸爸炫耀一番,然后才一粒一粒,慢慢地数着吃那香喷喷的豆子项链,宛如孩提时代的我。

梦见月亮的南瓜

青 菜 胜 花

青菜本是寻常之物,比不得玫瑰牡丹,那都是入诗入画的;也比不得梧桐芭蕉,那都是入词入文的。可"青菜"一词中,却安放着我的精神家园。此生,身心皆为青菜所安,所谓"咬得菜根,则百事可为"。

毛茸茸的太阳趴在天上,孵一只叫作春天的小鸡。母亲沐着暖阳走进菜园,握着锄头掘土,然后在深翻得暄乎乎的土上撒上菜种。朗朗的日光照耀着,夜雨陆陆续续来了几次,地盘上盛满了无数颗鲜绿鲜绿的小星星。青菜苗幼小得不可思议:细长的茎纤弱如发丝,孱弱地弯曲着竭力顶住两片绿叶,在风中万头攒动。我不忍用手去触摸,只能用心去感受。

青菜是园中最美的一景。清晨,我一骨碌爬起跑进园子里看青菜,美上一回。不经意间,青菜穿起了绿绿的裙衫,一件一件展开来给园子看。孔雀美在开屏,青菜美在清晨。上足夜水,叶片上滚动着露珠串,青楚绿叶竖起来,显得格外丰盈。眉清目秀的姿态,像个小仙子。

母亲说,三天不吃青,两眼冒金星。我们家的饭桌上几乎天天有青菜汤伺候。青菜汤简单至极,味美至极,所谓本味至味。先将青菜洗净,在菜茎上"咔嚓咔嚓"切几下,保留完整的菜叶。往锅内倒入少许的油、盐和切成米粒状的姜与葱丝,爆香后,加水烧开,放入青菜,小焖片刻,即可出锅。温润而细腻的青花瓷碗里盛满漾着盈盈绿意清澈

亲亲麦子

见底的汤水,顶上很随意地轻轻浮了几张鲜活水灵碧澄澄的菜叶,叶片缓缓地舒展着,闲云野鹤般悠然,让人想起纤弱清秀的女子身穿一袭映着小绿碎花的旗袍,油亮的发髻上斜插着玉簪,也是碧澄澄的绿色。一碗清清淡淡的菜汤,氤氲着亲切平和的气息。喝下汤后,心灵中亦涵入了与世无争的冲淡与敦厚。

一年四季,出场的青菜品种各异。春夏间是小青菜,冬天是矮帮子的"菊花心"。"菊花心"的叶片一瓣一瓣地簇拥在一处,因颇似菊花而得名。"菊花心"做馅儿包包子是家乡的名点。将青菜取叶斩剁成茸,再加上菜油、肉丝等拌匀而成。蒸熟的小巧玲珑的菜包子放在蒸笼里有些像青石榴,面皮薄而透明,馅心的嫩绿全透了出来,食者的唇齿总是先奔向那惹人心醉的绿。"菊花心"炒饭亦堪称美味佳肴。青菜和米饭可谓门当户对,谁也没有高攀谁。米饭拌上切碎的青菜和炒好的鸡蛋,青绿的饭上缀上鸡蛋的金黄色,看上去就有一种不动声色的清秀的美,吃起来更是可口可心。秋日,则有高脚汤菜。这种菜茎高叶腴,腌制颇宜。母亲将高脚汤菜手提肩扛成篮运回家,切除泥须置于场上晾晒。洗净切碎的青菜,放入缸内,铺一层菜,撒几把盐,用木棍捣出绿汁来,再铺一层菜,再撒几把盐,周而复始,最后用石块等重物压上几天,就成了咸菜。每当我从娘家返回,母亲总要用玻璃杯装些咸菜让我带上。咸菜让我的心灵重返童年和故乡的零公里处,唤起我对童年和乡村生活的点滴回忆。

也许是我对青菜的至爱有了回应,厨房里吃剩下的青菜疙瘩竟然生了根须,长出嫩绿的花茎子来,几小片叶儿,簇拥着嫩黄色的花蕊,将之放入盛满清水的瓷碗里便成了我的案头清供。几天后,花儿竟然全开了,明丽的黄色花朵密密地聚成一团,散发出淡淡的清香。青菜中包含着最纯朴、最本真的人生真义。

梦见月亮的南瓜

土地每一道纹路,每一粒细胞都充满水分、营养和情感,都生长礼物和奇迹。南瓜就是土地送给人类的礼物,就是土地创造的奇迹。

南瓜长在田埂上。弯弯曲曲的田埂像质朴的腰带,又像是随意扎在田野上的一道道栅栏。母亲把土深翻得暄乎乎,像发好的面。她一手端个白瓷盘,一手抓几粒优秀的大瓜籽(优秀的种子总是流落民间)。瓜籽儿大头朝下,嘴儿尖尖向上,小心翼翼地点进泥里,再在上面撒一层细细的土。

朗朗的日光照耀着,细细的春雨滋润着,嫩苗儿钻出了泥土。每只泥盘里都盛了几颗鲜绿的星。苗儿拉出蔓儿,一月之间,田埂上缓坡上爬满藤蔓,花儿点缀其间。南瓜花深黄色,只有一层花瓣,里面裹着几粒花蕊。有一年,我家的南瓜结得特别少,妈妈怂恿我去瓜田进行神秘的嫁接活动。清晨,我悄悄地出门了。妈妈叮嘱路上不与任何人搭话,说了就不灵了。我将男花摘下放在女花边上,蜜蜂们不来授粉,只有劳驾我们自己了。

南瓜不动声色地圆满着自己,青绿色的外衣逐渐变成橘红色。据说南瓜在夜晚长得最快,特别是月夜。我想,它一定是照着月亮的样子设计自己的外形,它把如水的月华都酿成内心的甜蜜。做梦的南瓜梦见了水、月光和土地深处的声音。南瓜静静地酝酿了整整一个夏季。夏末秋初,它的心里长满了芬芳的情愫和甜美的思想。

南瓜去瓤削皮,在刀下发出很好听的乐音:"噌噌噌",很有质感。薄薄的一片片,晶莹透明。南瓜做汤,汤青青,味甜甜,放几叶小芫荽,云碧碧。盛在洁净剔透的青花瓷碗里,充满着诱人的质素。我品尝它纯美的熟香,感觉到了现世安稳,岁月静好。

嫁到南方的表姐回乡探亲,曾在我家小住几日。我有幸品尝到她做的精妙绝伦的南瓜糯米团。她将南瓜去皮后一牙牙地劈开,切成块状,先在锅里放油和葱花爆炒,再放劈成瓣的南瓜加盐,炒至塌软出水。然后,将糯米粉和水调匀,搓圆,压扁,放入南瓜,锅中加适量水小火焖熟,香气溢出锅外。盛在碗里,定睛一瞧,腴白如脂的糯米团在绚烂的橘红色的南瓜怀抱里半隐半显,宛转其间。邻居均分得一碗。异姓同吃一锅饭,平添了几分亲热。

秋风乍起,我去菜市场总会有意无意看看南瓜。我发现南瓜数量很少,且大多受尽冷落。现代人大概已不懂得吃南瓜了。

南瓜折射着天然的雨露和庄稼的气息,散发着柔和的润泽的温暖的光芒,给人一种温老暖贫的满足和对大自然丰富馈赠的感激之情,它既高贵又朴素。与南瓜发生联系的日子,犹如一个橘红色的朦胧的灯笼,暖暖地挂在我的记忆之树上。

梦见月亮的南瓜

豆架是一种心境

豆架是乡村一道绝美的风景。豆架曾经给一个乡村女孩带来无限的喜悦和温馨。

春来时,母亲在门外用竹竿搭架,点下扁豆。饮无数春雨,扁豆苗穿起了绿绿的衣裳。春深,苗儿拉出蔓儿,蔓儿牵着叶儿,一蹭一蹭地向架上攀援,静静地不说话。它的攀援是一种行为语言,坚忍不拔地向上,向着它追求的高度。

豆蔓终于攀到了架子的顶端,悄悄地把自己挂起来,与挂在天上的星星保持同一种垂直的姿势。两排架子偎依在一起相亲相爱。阵雨滋润,叶明花媚。白里透紫的花朵,小巧、内敛,在碧绿的藤蔓里,默默吐香,蜂蝶不常来光顾它们。豆角花是有品格的花。若是有许多蜂蝶和它交朋友,那它就太没有格了,我不会喜欢。深绿的叶子和花朵互相缠绕,香气因缠绕而无法升到高空,把人重重围住。我在豆架下流连,会突然愣住:碧绿的藤蔓上怎么会长出紫色的花朵来呢?真是不可思议。

藤蔓沿着横架曲折盘绕延伸到门楼上,腾云驾雾。云是一片片圆形的绿,雾是一朵朵紫色的花。我坐在漂亮的门楼下读书,与片片叶儿朵朵花儿面面相觑,它们各具表情。我真想躲到它们中间去,或者互相融化。我想到了陶渊明坐在篱笆前与野菊谈心,林和靖忘情于梅香阵阵,周敦颐枕着荷红叶绿入梦。

"姑妄言之姑听之,瓜棚豆架雨如丝。"王士禛如此评价蒲松龄的《聊斋志异》。这句话道出了瓜棚豆架的妙用,可以在繁星满天时在豆架下讲一些无根的闲话。男女老幼携着板凳乱坐起来,不用揖让,讲些不着边际的闲话。天上人间黄泉碧落神仙狐鬼谣谚民俗,如掀动豆叶的风不经意间吹进耳朵。人群中不时传来惺忪的哈欠、婴儿的梦呓。偶尔谁说了一句趣话,顿时飞起一片笑。透过豆叶的空隙,月华如牛乳从天际泻落,流入怀中。有甘露横空而降,味儿微甜。原来是浇在豆脚上的水,缘豆藤攀到空中,又从蔓尖滴落。

粉紫的小花朵不知藏到哪里去了?豆架上挂满了一串串青里透紫的豆角,饱满丰实,坠得藤蔓都快折了。豆角是多胞胎植物,青青豆衣是它们的眠床,裹着几许甜蜜的梦想。我提着小篮,在豆架下仰头采撷。摘高处的扁豆要用竹竿,竿上斜绑着一截小树棍,构成一个叉子,仰着头,看准选中的一串叉上去,一撸,"啪"地一声,豆角落地了,弯弯的小脑袋在我的手指间划过去划过去。

豆架的功用不在于盘中肴,而在于它的一架清阴。豆架是一种标志和象征,豆架下有我的童年、土墙、老屋、炊烟、母亲……以及一个又一个贫穷却知足的幸福的日子。豆架是一缕乡情,一种如月光般恬淡的心境。

思想着的向日葵

在我看来,向日葵是乡村田野上最有思想、最有个性的植物。慷慨资助向日葵蓬蓬勃勃生长的太阳为它们塑像:一望无垠荡漾着绿波的田野上,成群结队的向日葵,将自己久久蕴藏的金灿灿的笑脸,齐刷刷地迎向太阳,好像在思考着什么。

春末夏初,如瀑的阳光直泻而下,向日葵尽情地洗着日光浴,洗得日益蓬蓬勃勃高高大大,一张张硕大的叶片像手掌。它的腰肢是柔软的,迎风摇曳,绿袖曼舞。我轻轻握它的手掌,能听到摩挲出的粗粗的摩擦声。它的干上有一层毛尖尖的透明而柔软的小刺。向日葵陷入了深思:我该怎样感谢头顶上那轮散发着万丈光芒的圆圆的太阳呢?想着想着,向日葵的头顶上冒出了小小的深绿色的花苞,花苞逐渐变大,最后绽成一张笑脸,迎向太阳。像太阳一样圆满的葵花盘上,布满了金黄色的花瓣,大约是金色的光芒浸染而成的吧!盛夏的阳光斑驳迷幻,天空湛蓝。站立于葵花地里,纵目四野,凝视那大片灿烂的金黄色的花盘齐刷刷地迎向太阳,我疑心整个大地都在燃烧。我感觉自己也成了一株向日葵,周身散发着泥土、薄荷、青草的气息。我戴着金黄色的草帽,脸上始终挂着灿烂的向日葵似的微笑。我从葵花地里跑向村庄,像一株会走动的向日葵,走进了我所热爱的阳光般的家园。

秋天到了,每一张笑盈盈的黄花脸上都结满充实饱满的籽。花盘小时,它们依旧朝向天空;花盘沉重时,它们把头叩向大地,像所有成熟的、充实的、沉甸甸的谷物一样,向大地感恩。人们在品味着香喷喷的葵花籽时,有没有想到向向日葵感恩呢?!它以自己的生命为代价,供养着人类的躯体。人类的生生不息,来自所有滋养生命的一切生物。

在天才画家梵高的画布上,向日葵实现了生命的最高追求,焕发出了神性的光辉。苍苍穹庐,泱泱大地,是他的画室。站立于高天阔地之间的沐浴着阳光的向日葵便是他的模特儿。他的画笔大发灵光,喷薄激情,一朵朵向日葵在流动着、闪耀着的光芒中诞生。金黄色的花瓣临风摇曳,那花朵或相向喁喁私语,或垂首若有所思,像一把燃烧的火焰,揪住你的眼睛,穿透你的心,在你的灵魂里扎根。《向日葵》是光与热的象征,是人类与生俱来的情感的烈焰。向日葵以卓然超群的形象和丰厚的内在视角,进入我们的心灵,启迪并且鼓舞我们以自己生命的色彩为世界作证。

向日葵这种植物,生长在乡村的田园中,活在人类的精神世界里,传递着来自天空与大地双重的温情与甘美。它被人类赋予思想而成为永恒。

梦见月亮的南瓜

燃烧的油菜花

　　春天,走进田野,谁没有被金灿灿的铺向天涯的油菜花燃亮过眸子呢?那大片大片璀璨奔放、撩人心魄、蔚然成阵的金黄色的花朵,似乎已内蕴在我的血脉里。想起它们,我的血液就会飞溅起金色的浪花。

　　油菜苗在黑黝黝的泥土中扎根、萌芽,在锋利的锄头和晶亮的汗珠中成长。它们敞开胸怀,承受着风云雨露和微风。嫩蕊商量细细开。众多的花苞谁先开谁后开呢?它们之间好像有个约定。忽然有一天,第一颗花苞有些异样。它沐着晨辉在春风中微微颤动,惺忪的眼眸,抖动的睫毛,微微地张开,"噗"的一声,开了。它呼朋引伴,唤醒成千上万朵金黄的花儿。

　　站在乡村的风景线上,放眼望去,一大片一大片金黄的花朵一齐开放。它们似乎并不把开放这件事看得很重,没有想着要开得比左边的美,也没有想着要开得比右边的艳。你开你的,我开我的,开得轰轰烈烈,开得汪洋恣肆。那不染一丝杂质的黄,黄得耀眼,黄得灼人。一阵微风掠过,金黄色的波浪翻动涟漪,后浪推着前浪,一大片一大片的金黄在奔跑。那热烈的金黄色似乎要冒出浓烟来,油菜田上方的空气也被渲染成一片金黄。有黄色的蝴蝶在花丛中穿梭飞舞,纷纷扬扬,叫人分不清是蝶恋着花还是花恋着蝶。

亲亲麦子

　　我在油菜花燃烧起来的金黄色的火焰中跑呀,跑呀！从小女孩跑成了小女子,我的风筝迷失在了花丛中。三岁的小女儿那翠绿的金鱼风筝摇摇摆摆升上了油菜花的火焰之巅。她涨红了小脸,清亮的眸子紧盯着油菜花上空飘摇的风筝。一双响响鞋在百草丰茂的长堤上扑闪扑闪,女儿兴奋地大声叫嚷,"格格格"的笑声如晶莹的露珠,在油菜花上盘旋滚动,为这一幅静谧的图画配上了欢快的音乐。我调好相机的焦距,为纯美深邃、大气磅礴的油菜花拍下了辉煌的一瞬。从小女孩到小女子的过程中,油菜花黄过多少次,又谢过多少次呢？我不得不喟叹感慨一番,生命稍纵即逝呀！

　　聪慧的油菜花是开在我心中的花,它以燃烧的风姿激扬起我生命的活力。我多么热盼自己(包括别人)从油菜花的开放中获得信心、力量,以及永不枯竭的生命激情,使自己活得生机勃勃,充分展示油菜花般的精神风貌和个性风采。活得用力些,活得明媚些。

构思珠贝的玉米

玉米是印在夏秋两季的记忆。

父亲在自家的菜园做一个精美的苗床,把精心挑选的颗粒饱满的玉米均匀地点上去。过几天,便冒出了一片片嫩绿的芽儿。看到芽儿那迷人的模样,我的心暖暖地一动,我想起了女儿的笑脸。

玉米一出生就头顶烈日,经风沐雨,给大地以绿色和温馨。到了夏季,玉米以大块的立体的绿,海洋般的胸襟和气魄占据乡野的至高点。盛夏的阳光穿透了片片叶子,碎金般的叶子,片片尽染,显得空灵清逸,仿佛叶子的肉身已消隐,阳光闪烁的是它轻逸巧妙的魂灵。我在玉米织就的青纱帐里,长久地凝视它大刀一样的叶片上的银色丝络,如爪如须紧攥泥土的根,心底一片静穆寂然。玉米选择月明星稀的夜晚铺展温柔,轻轻摇曳喁喁私语。夏虫为它吟诗,青蛙为它歌唱。这就是生命内在的歌吟。

青春期的玉米沐浴阳光吮吸雨水。玉米的分娩是神圣而庄重的。它用蓄满的激情构思粒粒珠贝。一层包着一层,一层包着一层,玉米仿佛怀抱着巨大的秘密;一页叠着一页,一页叠着一页,像一位初学写作的人,珍藏着最初的手稿。它用沉甸甸的姿势履行对土地的承诺。

大地泱泱,秋野喧腾。父亲用粗糙有力的手握紧玉米,握住大地的微笑。我剥去玉米的外衣,抚摸着玉米的行列,抚摸着一句句散发着清香的诗歌。收后的玉米,如粒粒金子晾在场上。父亲说:"只有挤干了水分,才能保存长久。"

母亲最爱用玉米面贴饼子。温水和面,和到偏柔程度团在手中,折成圆饼。贴至锅沿,离水寸许。盖好,文火,烧一刻钟,香味四溢。揭锅,将饼子一个个铲下,贴锅一面焦黄,香脆可口。

我最爱吃烤熟的玉米。几块木片支在火炉上,上面放两三头没有老透的光洁的玉米。隐隐约约的蓝火苗柔软地舔着玉米,玉米一点点地被烘熟、烤香。浓郁的香味如六月的阳光暖暖地笼罩着我。我一点点地分解它蚕食它。

玉米是我生命中最美好的元素。

梦见月亮的南瓜

春天的见面礼

笋萌于竹,来自淳朴的泥土。笋以清鲜盖世。

小时候家居乡村,房前屋后荒坡溪畔皆长满了密密蓬蓬的翠竹。采笋、拾笋是我童年时代最快乐的时光。

雨生了,雷还没有成,春雨很嫩,雨水发了地气。那些竹笋听到了春雨的号令,一夜之间纷纷破土而出。刚出土的竹笋高高低低、粗粗细细、宛如羊角,兰花一般俏丽,穿着青褐花斑的衣衫,迎风喷吐出诱人的清香。笋生长在夜间,清晨采的最鲜,雨后当然更好。有个成语叫作"雨后春笋"嘛!

挖竹笋是孩子们每年春天的必修课,和挖野菜一样,是我们的野外"女红"。竹笋是春天送给我们的见面礼。母亲特意为我编了个小竹篮,轻巧精致。吃完早饭,我们不约而同挎小篮拎小铲追追打打出发了,争先恐后穿越在竹林里,一双双眼睛滴溜溜地寻找着,一旦发现隆突而起的笋尖,便挥动小铲"吭哧吭哧"挖下去。不大一会儿,一颗白生生的竹笋挖出来了。蹲下立起。立起蹲下。目光被泥土粘住的时间长了,发觉心中有些空,就急忙喊叫同伴的乳名,此答彼应,两边一起"咯咯"笑,新笋在脚下乐颤颤的。埋头扒地十指灵巧的多半是女孩子。鸟儿一样奔忙不停的自然是个皮男孩:"这儿笋多!这儿笋好!"叫累了就仰头去接露珠喝。

亲亲麦子

采箪的队伍满载而归,大人们再忙也不忘验收孩子们的劳动成果。灶间弥漫着饭香和热气,母亲便开始剥笋。笋只能取顶尖部分,谓之嫩中取嫩。去箨后的竹笋如少女白嫩的手臂,有诗为凭:"斜托杏腮春笋嫩,为谁和泪倚阑干。"母亲把笋切成滚刀块儿,剩下的顶尖的部分又切成薄薄的片儿,再做个雪笋汤。笋在油锅烈火中欢跳着舞蹈着,那与生俱来的野朴生涩很快就消溶了,肢解了,变成玲珑剔透浑身散发醇香的玉兰片,盛开在青花瓷碗里。笋汤更是让人叫绝:汤里不见一点油星儿,上面漂着一些细碎的被热水焯过的还原绿色去其咸味的雪里蕻,加上雪白的笋片,白绿相间清莹洁净。尝一口,清香异常,其美味跟蕨菜有得一拼。食笋是我们的口福和炫耀的资本。

笋与竹品质坚贞虚心有节的美德相通为一,笋理所当然为崇尚简朴淡泊的文人雅士所敬慕。竹笋蓬勃峻拔的神姿,鲜嫩清香的风味,不仅为身处逆境的文人士子清贫的生活添了一道美味佳肴,更给予他们灵魂以慰藉和滋养。东坡不以贬谪为难,初到黄州即吟出"长江绕郭知鱼美,好竹连山觉笋香";板桥一生养竹食笋借以寄情思吐逸气。"江南鲜笋趁鲥鱼,烂煮春风三月初。"写出了他生活的闲适和精神的超越。近代艺术大师吴昌硕曾写下"客中常有八珍尝,那及山家野笋香",道出了他对竹笋鲜洁、芳馥的酷爱。

竹笋为天赐尤物。它的清淡、质朴、新鲜的原汁原味,宛如乡民的情怀。流年似水,和我一起采笋的伙伴如今已天各一方。返乡途中,我总爱在竹林旁转悠,试图捡回过去的一些什么。但物是人非,再也捡不起尘封的往事,捡不动孩提时浓浓的情怀。而竹笋生长时拔节的声音,却依旧在岁月的深处回响不绝。

关于山芋

食用树上的果实，使我们感到空灵飘逸，思想张开想象的翅膀；食用土里的果实，使我们感觉平实安妥，岁月静好。历秋至冬，山芋走村串户进城，灶台上餐桌上烤炉里到处弥漫着它的香气。童年时家居乡村，与山芋有关的岁月是我最快乐的时光。

初夏时节，母亲趁雨后地湿，将剪成一节节带叶的茎栽在整好的田垄上。翠绿的芋叶萎靡数天自然返青，长出新芽，展开荷似的叶片。清晨微风吹过，露珠在光滑的叶子上滚动，闪闪的亮。山芋泼辣，不需上肥、浇水、治虫，活了苗，只管收获。

秋风乍起，山芋叶起了斑点，转而变黄，父亲领我们去挖山芋。村里人男女老少齐出力，地里处处山芋堆集成山。忙到弯月初升，凉气浸衣，地里还人影幢幢。路上不时走过挑山芋回家的人，村里人干活历来是就活不就人。那时，家家户户猪牛羊甩着尾巴，撒着欢儿，津津有味地咀嚼着房前屋后遍布的芋叶。

每一户勤劳的农家，都会收获好几担光溜溜、沉甸甸的山芋，可人们还是喜欢拾别人挖过的"残渣余孽"。拾山芋的队伍主要是老人小孩，沿着已经挖过的山芋再细细地刨一遍，寻找意外的收获是一件颇有情趣的劳作。我手握父亲特制的小镢头，随着队伍中的人流弓腰挥臂收刮着收获后的地皮，刮出一个山芋便刮出了一个惊喜。有时很在意的搜寻,累得满头大汗却一无所获。失望得和同伴谈天说地时,忽然间发现一个罕见的、小瓜般的山芋神气活现地跌落在面前,便是一个饿狼扑食,逮个正着。这是上苍特别的恩赐,真是踏破铁鞋无觅处,得来全不费工夫。拾山芋靠的是运气。

秋冬的乡村,无数个清冷的早晨弥漫在山芋的香甜里。村中人端上一大碗山芋稀饭,对着橘红的没有暖气的太阳悠闲自在地享用,热气在面前飘浮。男人们三五成群,一边吃着一边谈论着令人喷饭的趣闻逸事。女人们也一样向往阳光,照例端着饭碗,站在一旁拾笑。我的碗里总是盛满了母亲精心挑选的红心山芋,甜甜的、软软的,皮儿透亮,用筷子一夹就破,露出金黄如蜜汁的细腻的肉瓤,舌尖一舔,甜得沁心透肺。

我的胃是有感情的,吃了二十多年的山芋仍是百吃不厌。一日牵着先生的手逛街,忽然眼角瞥见一隅有瘪嘴婆婆正在卖烤山芋,我嚷道:"我要吃!我要吃!"我的双手朝前一伸,掌心向上,先生笑眯眯地在我的掌心轻扣一下,放上一元硬币,打趣道:"去吧,馋猫。"于是我快快乐乐地去买烤山芋。我捧着滚烫滚烫的山芋在手心里来回地拍打,眉开眼笑。小心地剥开皮,盯着黄澄澄、香喷喷的肉瓤,发了一阵呆,慢慢地送进嘴里,牙床缓缓地活动,我要让它美好的滋味长久地停留在舌头和喉咙的每一个部位。

山芋依偎在乡村的怀抱里,与泥土紧紧地贴在一起。我伸出被山芋温暖着的手指,缓缓地勾住了乡村岁月的衣襟……

细数梦里飞花

细数梦里飞花

洁 净 之 莲

莲是我挚爱的意象。在我居住的水乡,有水的地方就有莲的倩影。天性使然,莲看上去要比所有的水生植物美得多。我爱的是莲的优美和慧心。

一湾碧水之上,莲叶亭亭如盖。整个莲塘像一块绿色的陆地,一层层地远去。间或,有一枝枝或白或粉的花,在翡翠般油绿发亮的叶间忽隐忽现。杨万里的"接天莲叶无穷碧"写尽了莲盛开时大气磅礴的美丽,而我则尤爱月光下的白荷。我疑心那白荷的皎洁晶莹是由月华浸染而成的。我仿佛看见莲瓣怯生生地伸出手掌收集四周的露水和月光。莲于恬静的岁月中给了田园生活一个精致的点缀。

莲塘流动着令人心神摇荡的优美。走过莲塘的人,谁都无法拒绝无法躲避,只有沉浸其中。文人墨客用无比倾慕的眼神和姿态为莲写诗作词绘画,以至于千年之后我依然能从墨迹中感受到他们在莲面前无法自拔的情形。爱莲写莲画莲之人,借莲歌咏自己心志清远,性格高洁,莲使他们的日常生活得到了艺术升华。

莲盛开在古今中外的诗文与画幅中,皆为洁净清爽之意。法国印象派画家莫奈在垂暮之年,把莲塘上众多美的瞬间和形象用颜料固定在画布上,让它们永留人间。清淡素雅的莲是他追求至美的理想主题。他最终力竭倒在了莲池旁,躺在了他心爱的莲的怀抱,亘古与莲相依相伴。莫奈与莲的情感相融,魂魄相交,他洞穿了人世的芜杂纷繁,进入了幻化的深处。那是自我的世界,也是无我的世界。混沌散开,污浊逸去,心中的莲瓣缓缓展开。无喜无忧,无生无死。如此境界,物我两忘。

众生缘何沉醉于莲如斯!莲是天界与尘世交会顿悟的产物,莲有慧眼,我们见到的佛和菩萨都坐在莲花宝座上,面目慈祥,普度众生。莲的萌生和绽放给人一种茅塞顿开的菩提之悟。碧水之下,是污浊的泥沼,一枝枝莲花挤破浓浓的黑夜从污浊中绽放出一个个美丽的音符。莲仿佛开在天国的梦幻里,它们无视外围的泥沼。究竟要经历怎样的磨砺,我们的心灵才能开出一枝枝洁净之莲呢?我们能像莲一样,从这个充斥着妍媸、清浊的尘世之中,用明朗澄澈的心灵找到智慧吗?如果我们拥有莲的慧心,就能从一切的烦恼与灰暗中觉悟,而一切纷扰的繁尘琐屑都能使我们感知它的意义和价值,使我们的心灵从尘埃中开出花朵来。

莲的精魄升华在我们的生命中,让生命化作一朵莲花,把功名利禄全抛下……我想,这是莲昭示于人的天启与期待吧!莲是一面心灵的镜子,可以映出清晰的图像,只有纯正的心灵才能看见心灵的纯正,被纯正所感染。愿一切爱莲之人以莲为镜,做洁净的人。洁净的人方为真人。让我们的心灵和生命在世俗的尘埃中开出素雅洁净的智慧之莲吧!

野菊恋东篱

金秋清朗的天空下,野菊开了。那样的悄无声息,猝不及防,野菊把春天的门开在秋天里。望去,路边以及那片向远处缓缓铺展的溪水金黄了。黄黄的、灿灿的,看着让人想融进去。大片大片热烈得让人陶醉的黄色,像梵高的画。花朵的颜色陶醉着天空,整齐而圆满的花瓣飘浮在泥土的香味里。浓郁的馨香长驱直入,沁人心脾,让人无法拒绝。

蝶恋百花,而我独恋菊。我若一蜂,身入菊丛。野菊的腿纤细,腰肢也纤细。如丝如缕的花瓣梦幻般的开放,层层叠叠金黄窄瘦的花瓣簇拥着淡青的蕊,蓬蓬勃勃,向上、向四周伸展,像一群恋爱中的女子肆意地释放弥足珍贵的情感。有的香蕊半吐,有的含苞欲放,株株迥异,朵朵卓尔不群,却又一致的堪怜堪爱。我喜欢近处这一朵,却又发现远处那一朵更撩得心里一动。左一群风姿绰约,右一群内蕴骨气。左顾右盼中,让我无端地想起清清正正散发幽香的女人。

有一些菊迁到城里去了。那些菊我见过,它们将冷艳的圣洁和雍容的华贵集于一身。它们被栽在盆里,重瓣大张,藏着红,掩着黄,露着白,映着紫,千娇百媚,面带傲气,美得张扬,却少了隽永之质。

野菊是陶渊明先生的爱慕者和追随者。野菊在乡村的田坎上独自营造着秋韵,充实绚烂的年华,享受美丽的生命。它们控制不住生命的喜悦,笑出声来,声音那么新鲜甜柔。摇晃的花枝和土下的根须都听到了它这无所不在的声音,那个薄雾之中观望它多回的女子听到了吗?

一阵阵清凉的风,在它们的花瓣上亲昵地抚摸,把它们美艳的故事四处传扬。于是,引来了一群异乡的黄蜂和彩蝶,围绕它们嘤嘤飞鸣;招来了一滴滴露珠,依偎着它们的娇靥旋舞虹彩。它们住在花蕊里,倾听野菊甜蜜而销魂的诉说。那个黄昏中凝望多回的女子听到了吗?

在荒野,在远离尘世的富贵和奢华的境地,在心灵化的创造和获得之中,野菊更趋于原始的单纯和清淡,更喜欢散逸与随意。野菊淡泊地开出一朵朵尘世绝唱,将美丽的秋光剪成寸金,让人想起宁静的意义和超然的风范。它们以群体的生命光彩回报阳光和泥土的抚爱。

在这个世界的萧瑟之秋,野菊黄过,香过,美丽过,一直从青春燃放到秋的末尾。野菊翻越过一座季节的大山,在冰清玉洁里给美丽的生命画上了句号。不知那些被它们染黄过的露珠,那些曾经被它们迷醉过的蜂蝶,是否还能记得它们?! 那个在天凉好个秋里的观花女子,一直惦记着它们。

细数梦里飞花

四月的蔷薇

我痴迷于"蔷薇"一词从字形到字音给予我的美感,痴迷于花朵盛开时的景象,更重要的是蔷薇花是一种有故事的花。童年时,家居的小院西侧稀疏的篱笆下,蔷薇跟杂枣树伴生,丈余高。四月,蔷薇把春天的门推开了。柔和的春光里,红艳艳的花朵在翡翠般油绿发亮的碧叶间亭亭摇曳。鲛绡似的花瓣儿中心探出纤细嫩黄的蕊丝儿,底部是几片舒展的浅绿色的花托。整朵花的造型宛如玲珑精致的酒杯。那鲜红的色彩是那么热烈,热烈得几乎可以燃烧起来。蔷薇花开的季节,缺乏修饰的村子因此变得诗意葱茏。那满树的花朵像盛满香料的杯子,浓烈馥郁的芳香,在春风里一次次掠过纯净、宽广的天空,香飘四方。可以赋诗,可以作画。

我站在花树下,凝视着鲜艳的蔷薇花。花无语,静静地开。但是,我的心触到了什么?我好像进入了一个不一样的世界。无所思,亦无所不思。时光滞留不前,我的心中充满了一种恍惚的莫名的甜蜜和忧伤。春天的清晨或黄昏,只要一站在花前,看着满树的蔷薇花一朵一朵一瓣一瓣地开放,我就会颠颠倒倒,似乎整个人也跟着这一树花朵痴了起来。

蔷薇花一茬一茬地开着。从初春抽出第一片绿叶,到孕育第一颗蓓蕾,它便舒散着美,回报着爱。一年开一次。开一次要抽出一段新枝,分蘖几丛绿叶。开罢,新枝变成旧枝,鲜叶化为陈叶,而新的孕育又从旧株上开始。整整一年,日升月落,餐风饮露,惊雷沐雨。调节天地日月之精华,绽出鲜亮花朵。这是一个多么复杂而微妙的自我涅槃的过程呀!从一株不起眼的小植株,要长成一丛巨型的花株,形成一道花的瀑布,该是经历了怎样的一番艰辛曲折?一次次凋零,一寸寸扩展,一点点积累,无数度花开花落,才蔚然成为大观。

只要略略一想,就仿佛看见她站在我的面前,像盛开的蔷薇粲然地向我微笑。和班里大多数同学一样,我对小陈老师是那么迷恋。她那双水汪汪的有着栅栏般黑色长睫毛的眼睛,总是露出含情的微笑。刚从学校毕业的她,带着青春的朝气走上了讲台。开始讲课了,一字一句那么清晰,声音那么动听。课堂里没有喧哗声,大家都静静地跟着她的声音走。偶尔有同学顽皮,她会悄悄地走近,爱抚地摸摸头,拍拍肩,一切又复归于宁静。下课了,我们簇拥着她,和她一起唱歌,听她讲故事。她讲的《夜莺与蔷薇》的故事,至今仍然镂刻在我的脑海中。一个青年学生爱上了教授的女儿,只要他送给她一朵红蔷薇,就能得到她的爱。然而,花园里一朵红蔷薇也没有。他痛苦而无奈的叹息声被一只夜莺听到了,夜莺用自己的胸脯抵住蔷薇树的尖刺,殷红的鲜血流进树的身体,树枝上奇迹般地开出了一朵红蔷薇。夜莺用自己的生命,为青年学生换来了一朵红蔷薇。我被夜莺的无私与善良感动得泪水涟涟。我认定我所看到的每一朵红蔷薇,都是夜莺用鲜血染就的。每一朵蔷薇花都闪烁着圣洁无私的爱的光芒。那年四月,当家中的蔷薇花盛开的时候,我摘了许多束送给小陈老师。

几年前,我读了巴乌斯托夫斯基的《金蔷薇》,为另一个故事而感动。二十七殖民军的沙梅,因患病而退伍回国。临行时,团长委托他带回女儿苏珊娜,把她交给巴黎的姑母。途中,沙梅给她讲了一个金蔷薇的故事。村里有一个很穷的老太太有一朵金蔷薇,这朵金蔷薇是

细数梦里飞花

她年轻时的恋人为了祝福她而送给她的。幼小的苏珊娜问沙梅:"你说,将来我能得到一朵金蔷薇吗?"回到巴黎,他们分手了。多年后,当了清洁工的沙梅,邂逅了因失恋而无家可归的苏珊娜。他把她带回小屋,细心地照料她,并且为她修复了破裂的爱情。苏珊娜随着她的恋人走了,沙梅却认为那个青年演员不会给苏珊娜幸福。他决心为她打造一朵幸福的金蔷薇。他每天把从首饰作坊里收集的灰尘带回家,从中筛出金屑,打出一朵带着枝干的金蔷薇。当他想把这朵金蔷薇送给苏珊娜时,苏珊娜却走了,没有人知道她的地址。沙梅在寂寞中死去。临终时,沙梅头枕着包在蓝丝带里的金蔷薇。蓝丝带是苏珊娜七岁时留下的。

年年岁岁,蔷薇开在四月,蔷薇为谁而开? 茫茫尘世,谁为谁披沙沥金,打造一朵幸福的金蔷薇。善良的夜莺为青年学生得到爱情用殷红的鲜血染就了红蔷薇,沙梅为了祝福苏珊娜打造了金蔷薇。在每一盏孤独的灯下,我们的文学工作者,用几十年的时间收集着一生中金粉的微粒,用来锻成自己的金蔷薇——小说、诗歌和散文。这些移山倒海的文字的洪流以一派神性的光照,慷慨地赐予我天地间无以伦比的真善美、崇高和隽永。这种博大的赐予使我的内心变得澄澈而滚热。一种极其纯粹的渴望表达和宣泄一再地使我不得安宁。让我为你,为我,为所有崇尚真善美的人打造一朵金蔷薇吧!

亲亲麦子

鲜花·绿草·爱情树

鲜　花

春天的心活在花朵里。春心一动,整个大地蓦然间添了许多色彩,轰轰然一下子醒了过来。万花竞艳的花海,带着交响乐一般的音响,荒野庭院一下响了起来,以排山倒海之势,使人猝不及防。娇嫩的花朵别在大地的胸襟上,色彩搭配得奇特而美妙。这自然的美足以让人眩晕。

花儿是有灵魂的,花儿的颜色就是它的灵魂。花开给人以喜悦,闹哄哄地开着,哄着人高兴。那些开在树上的花像开在天上似的,确是一番好景致。试想,一个忧郁的女孩,走在花树下,低头想着心事。突然,一朵花踩着芬芳的脚步落在她的胸前,她会如何万般怜惜地俯下身去。

其实,花儿是精巧别致带香味的纽扣,等到把大地的衣裙缝扣得齐齐整整,春天就起身告辞了。

绿　草

对于春天的到来,草们兴奋了许久。草芽簇拥着草妈妈探头探脑。当它们和暖暖的阳光紧紧相拥时,有说不尽的兴致和道不完的舒适。它们畅饮春天的甘露,吸着暖风,呼着阳光,一个劲地长呀,绿呀,一直绿遍山野绿满洲。

草儿明白生命之草不能长绿。该绿的时候恣情率性地绿,绿个淋漓酣畅,绿个浓情似酒。绿上一个春,一个夏,甚至还包括半个秋。绿着它的绿,一次绿个够。那是一种让人看了一眼就心旌摇荡的绿,一种要从绿色中挣脱出来的绿。

草儿是懂得感恩的。它们原本想买些贵重的礼物送给春天、太阳和人类的,但它们没有存款。不过,那不要紧,草儿们都穿上了绿绸裙子,每天都在练习迎接春天的礼节。你瞧!它们谦卑地伸展双臂,牵着春风翩翩起舞……表达对春天、对太阳和人类的敬意。

此刻,我的视野里满是绿袖子。

爱 情 树

有树的地方就构成风景,我散步时邂逅两棵有特色的树。目光被它粘住,人走过去了,脖子还朝后别着。

一棵是形态别致的松树,像绿色的烛火一样尖尖地伸向湛蓝的天空;一棵是娇小秀美的柳树。松树深情地凝视着柳树。那柳树不胜春风的娇羞,摇曳着枝条,一种青春的纯情充盈全身。这两棵树倒是天造地设的一对。男松刚劲孔武,护家守院;女柳端茶递水,红袖添香。

在星星毕现的一个夜晚,松树借着朦胧的月光婉求柳树嫁给它。它颤抖着松针征询:"你能永永远远陪伴我吗?"柳树听了,竟有一种微醺的意态,如同饮过女儿红或花雕什么的。

松树和柳树平心静气地居家过日子,蜂蝶和飞鸟营造些小情小趣。它俩闲闲地餐风饮露,忙忙地耕云种月。更多的时候,它们凝视着彼此的眼睛,浅浅地笑。

桃花为谁开

春风将大地上的最后一股北风赶得无影无踪之后,就用款款柔情唤醒了桃树。

三月桃花开,黑瘦的桃树用它苍劲挺拔的枝干举起尘世的绝唱。盛开的桃花在阳光中临风而舞,绽开它粉红色的花裙,湛蓝的天空是它的幕景。亮丽的身姿拽住了踏青人的脚步。我像只寻寻觅觅的蝴蝶,在桃树下驻足,屏住气息,凝视一树粉红色的花朵挤满枝丫。它们一朵朵、一簇簇地开着,似乎要将积蓄了一年的力量倾情释放。

满树的桃花令我遐思无限,花朵慢慢抵达我的思想和语言。"能注意事物是一种本领,能使注意力集中是一种本领;后者仿佛受到制约,而前者自由。"(但丁《神曲·炼狱篇》)我爱凝视桃花,我爱的是桃花还是在赏花时敛神细思的过程呢?

我踌躇于桃花下,一面欣赏那似锦盛开,一面听得落花飘零。一朵朵轻盈翻飞的身影,像美丽的音符缀在空中,飘飘悠悠。俯首拾得几片淡红的花瓣,观赏良久。花瓣儿似乎还在发出生命中最后的美的光辉。造物主总是这样安排,让你美好的同时也使之短暂。春者,短也;月者,缺也;花者,残也。人生至美至乐,莫不如此。有一次,我曾经连续拍下十多张照片,冲洗时却发现唯独与盛开的桃花的合影曝了光。现在想来,也许是上苍怜我,不忍让我与虚幻之物合影。

细数梦里飞花

　　年年岁岁花开花落,纵使繁花落尽,风中仍有花落的声音。每朵花都在讲述一个故事,讲述一种生命的经历。它们曾经熬过了炎炎烈日,与骄阳抗争;熬过了天寒地冻,与雨雪拼搏,终于迎来了柔情流转,蜜意层叠的春天,然而随即又凋零了。花儿为谁而开?提出这个问题,我又悟到自己的愚顽可笑。你是一朵花,你就要开放,就是如此简单明了。然而,花开即死亡。但是花开了,毅然决然,轰轰烈烈。

　　日常生活中,最大的奇迹就是花朵的开放。当我心绪欠佳的时刻,就会闭上眼睛,使劲地想象,想象一朵花是怎样开放,借此调整好自己的心态。川端康成先生在凌晨四时,惊喜地发现海棠花正在盛放。他喃喃自语,提笔成文:"美是邂逅所得,是亲近所得,这是需要反复陶冶的。"如果说一朵花很美,那么我就会不由自主地自语道:"要活下去!"

　　桃花无悔,它在短暂的生命中绽放灿烂。我用桃花的灿烂扪问自身:我该怎样安排短暂的人生?我的思绪趋向心灵的深处,努力挖掘出一个深刻的答案。月光如水,灯光亦如水。我在深夜最寂静的时刻问我自己:我必须枯坐案前,伴着灯光,写吗?"是的,"一个欢快的声音倏然从天籁深处弹出来,如花儿开放,它深情地说,"是的。必须写!"

　　生如桃花之短暂,开如桃花之绚烂。这是我们应该努力达到的人生的界点。

亲亲麦子

梅是一种精神背景

我无法说清我何以如此挚爱梅花。

阳春三月,有关梅的消息触动我的心灵,似乎空气中都弥漫着梅的气息。我连连于梦中置身梅林。

一日,我与友人去游南京梅花山。梅花山上游人如织。梅花品种繁多,花色纷呈,有淡红色的梅花重重叠叠凌空开满枝丫;有火红的梅花成簇地挂在低垂的细长的枝梢上;有些纤细的像垂柳一般的枝条上布满洁白的花儿。它们一朵朵,一团团,一簇簇地怒放着,一株连着一株,不断地怒放着。秀丽的身姿不时地拽住穿行于花树下赏梅人的脚步。我屏息凝望着循时序逐渐缤纷的梅苞。火红的花瓣,淡红的花瓣,洁白的花瓣以其充沛的张力盛放着,仿佛将它体内贮藏已久的能量猝然释放出来似的,让人感受到了生命的律动。此刻,我用心灵的耳朵凝神谛听,便是盈耳的花儿争着竞放的瑟瑟声,仿佛我的心里也开满了花。和风漾过梅花的面颊,它在金色的阳光中临风而舞,湛蓝的天空是它的幕景。鸟儿时而穿过,把畅快的乐曲跌落在梅林之中,能够捡拾到这乐音的,是一颗颗没有被世俗纷扰的纯净的心灵。

梅植根于中国文艺史的沃土里,已有千年。梅是有思想有灵性的,它兼有诗人和哲人的气质。梅斑驳的古干,曲虬的疏枝呈现一种百折不挠的傲气,一种铮骨凌寒的坚贞与豪迈。梅花凛寒缤开时,只有古干疏枝,不着一片绿叶,无需任何杂物的烘托。"梅以曲为美,直则无姿;以欹为美,正则无景;以疏为美,密则无态。"较之其他花树,梅是那样的高洁端庄,那样的神清骨秀,那样的幽雅超逸。它不以姿态媚人,而以气韵清人心,静人气,给人以思想的灵光。

梅的高洁,梅的神韵,梅的坚贞滋养了先哲诸贤的心灵。一生颠沛流离的陆游以"驿外断桥边"的梅自许,宁可"零落成泥碾作尘",也绝不向权贵卑躬屈膝。那位"梅妻鹤子"的林和靖先生则以种梅养鹤为人生乐趣。那横斜的疏枝浮动的幽香,映照出的正是他孤高圣洁的节操,淡泊超逸的情怀。中国革命领袖毛泽东也曾经从"已是悬崖百丈冰,犹有花枝俏"的梅花中汲取精神力量,从而叱咤风云,扭转乾坤。扬州的梅花岭上有民族英雄史可法的衣冠冢。忠烈曾有遗言:"我死,当葬梅花岭上。"梅花如雪芳香不染,与忠烈亘古相依相伴。我的耳畔响起了左忠毅公在狱中对史可法的铮铮劝导:"汝复轻身而昧大义,天下事谁可支柱者?"这是怎样一种高贵的忧患意识,坦荡如高山流水,圣洁如雪中寒梅。它埋植在古贤人内心并外化为摄人的人格魅力。

站立于梅林中,仰望着云来云去的蓝天,我的心中油生一种虔敬。如同虔敬天体、大地、河流、艺术、先贤圣哲一样,我虔敬每一株梅树每一朵梅花。

梅是一种精神背景,定格在历史和心灵深处。

兰　　韵

兰是一种植物,又是一种文化。兰叶绰约多姿,终年常青,花清雅高洁,幽香四溢。兰因生于山涧泉边、树木繁茂之地而享有"空谷佳人"的美誉。松竹梅,驰誉而有缺憾:竹无花、梅无叶、松无香。而兰"独并有之":有节、有花、有叶、有香。兰以叶动人,以花悦人,以香诱人,以韵冶人。

最初与兰相见,是不可言喻的注定,没有预约,没有任何的心灵感应。我惊亮的目光将兰花兰叶碰撞的声音洒落满地时,我被一种深彻的激动所击倒,我从未见过如此清雅脱俗之花。整个花株疏密有致,花叶相间,一片片狭长的墨绿色的叶子透着不可侵扰的尊贵,淡黄色的花朵半舒着鲛绡似的瓣,中心探出嫩黄纤细的蕊丝儿,袅袅婷婷临风而立,没有丝毫的奴颜媚骨。我幡然醒悟,兰者花之君子,果然是一派"虚旷自生风"的君子风姿。面对绝尘弃俗的兰,我无法破译她的兰心蕙质,似乎任何形容都苍白无力黯然失色。我的心中只有满满的满满的爱,爱她清雅高洁的兰香逸姿,爱她净化灵魂的幽邈境界。

兰的主人默默地伴我赏兰。她有一颗与兰一样高洁的心,她一定从兰的目光里读出了期许,今生今世守护兰心,永不流俗,永不失望,永远追求高洁的境界。这也许是她邀我赏兰的真意吧!

曾是旧时相识,后来我在都市的阳台上见过兰,在暗香浮动的花市里与兰相遇,在庭院的屋檐下欣赏过兀自美丽的兰。兰真正的生命的家园却是深山幽谷。我有幸寻访过幽谷之兰。我暗中作过比较,流落于尘世的人工培植的兰叶更茂更嫩花更繁更艳,似乎更美,但美得太媚,失去了本真的清妙;而空谷幽兰无人工雕琢之痕,长得叶纯开得花纯,楚楚的有着摄人心魄的灵性。

兰是陶公诸贤的患难之交,因滋养了古贤的精灵之气而荣而茂。孔子爱兰。他曾云:"与善人居,如入芝兰之室,久而不闻其香,即与之化矣。"自此,"芝兰之室"就成为了良好环境的代名词。屈原在《离骚》中以兰蕙比拟自己的高洁品格,寄托忧国忧民的哀思。陈毅写下"幽兰在深谷,本身无人识;只为馨香重,求者遍山隅",表达对兰的喜赞。王羲之精研书法体势,得益于爱兰。迎风飘拂,婀娜多姿的兰启发了他创飘逸流畅、气脉贯通的书法新体。

兰不以姿态媚人,而以气韵摄心,一叶一花无不给人以思想的灵光。素枝幽香,赏后荡气涤肠,别有一番滋味在心头,如陈年佳酿,越品味越醇,爽爽然清香盈怀。

陌 上 花 开

我偏爱自然界生长的各种各样的野花。春天是野花的世界,春天是野花的海洋。它们总是一朵接一朵一种接一种竞相开放。

"三月风情陌上花。"清人赵翼的诗句,似乎从古远的历史深处飘来,拂过阡陌,袭上心头。昂首远望,阡陌之上盛开着各色各样的花,穿过眼帘跃入心扉。

漫步陌上,杨柳依依,芳草萋萋,野花灼灼。这独特的柔绿间点缀着几块异色的调子,万紫千红,像是画家精心调制过似的。我置身于春天独具匠心设置的天然的花园。

漫步陌上,一种紫红色娇小艳丽的小花,首先拽住了我的脚步,它星星点点地亮在绿叶丛中。那紫红色花瓣中间点缀着金黄的花蕊,多是独朵,少则两朵、三朵地成簇开放,显得清纯淡雅。野蔷薇大朵大朵红艳艳成簇开放。那艳丽的花瓣儿鲜红得像一簇簇燃烧的火苗。我俯身看它,似乎我的瞳孔已被照亮。

溪畔小径上迎春花一丛一丛盛开,每一株花树都吵吵嚷嚷地挤满了娇艳的花朵。每一片细小花瓣都用尽了毕生的才华和精力,颜色金黄明艳,像是春天失手打翻了一桶桶油漆。

漫步陌上,我闯进了一片人迹罕至的小树林。林中,我与一株花树乍然相逢。尽管我叫不出它的名字,但我忍不住要将我的手无限柔情地伸向这一株花树,伸向它令人惊艳脱俗的花朵。花朵太美了,美得让我目眩神迷。六片洁白圆润的花瓣边沿镶有波浪形锯齿,金黄的蕊探出头儿,使你感受到花朵丰满而清雅。绿叶将花朵款款地护住,挺直的茎偶遇微风便袅娜地摇曳着,深深地牵动了我的心。我仿佛身轻如燕,在沁人的香气中翩然飞升……我想搬一朵放在脸颊上,几次欲摘手又收了回来,终于没有带走它。

静坐于阡陌间,我双手深情地抚摸这些娇艳而又顽强的花朵。我忘了语言,忘了时间,我在阡陌的中心,我在花的中心。围绕我的是炽热鲜艳而又自然散淡的花。这些野花,生长在荒僻的阡陌之上,有的甚至是从石缝间,树根下钻出来的,星星点点,以它们的执着和单纯,映衬着朝晖晨露霁月星光,在风云雨雾中擎举着自己的花朵,把自己淡紫的、绯红的、洁白的、橘黄的语言呈献给关注它们的目光,呈献给美妙的大自然。

我从这些花儿身上感受到了一种美丽而又强大的力量。这些自然生长的花,具有诗人的气质和圣贤的品性。它们置身于山野水畔,呼吸的是天地间自然的元气。年年岁岁,岁岁年年,它们开在历史的车辙中栉风沐雨,不变心性。它们为自己而开放,它们开得花纯,开得心纯,有着独特的灵性。只要扎根于任何能存活的地方,只要能与土壤和阳光发生联系,它们就会把鲜美的花朵,芬芳的香味拿出来,以这种最美好最诗意的方式证明自己有颗美好的灵魂。而人类,占有了多少阳光和土壤,请问你能拿出多少绿叶、花朵和思想的氧气献给世界呢?!

陌上花开缓缓归。让我们的心灵在恬静的陌上花开中恬静如花,让我们在心灵的花园中移植花的鲜美,花的芬芳,花的思想。

亲亲麦子

在柳絮的梦里遐想

春光似海。春天逐渐变得浩大气派起来,大地成了缀满鲜花的绣毡,树枝上长满了蓊然的绿云,新婚的紫燕软语呢喃。我沿着环城河散步。丰沛的河水滋养着纤腰蛾眉绿袖的垂柳。此时,正值柳树吐絮之际,大片大片的柳絮连天扯地,纷纷扬扬,状若雪花,却比雪花更绵薄、更柔软。朵朵洁白的柳絮忽快忽慢忽上忽下地飞舞旋转。行色匆匆的人们,大多对此细碎之物毫不介意,任其轻轻擦过肩头发际,漫不经心地飘落。

可能是由于孩提时代的我有着与植物相伴的成长经历,无论什么时候看见大地上的花木都会有一种温暖亲切、澄澈透明的情愫从心底里荡漾出来,都想伸手去触摸它们。此刻,置身于柳絮的怀抱,我感觉它也是有生命的活物。我禁不住满怀欣喜伸出手去捕捉一只只独舞的白色精灵。终于,握住了一朵。仔细地观察,发现在那柔软如棉絮的乳白色的伞形羽状物内藏着一枚极轻极轻的褐色的种子。柳絮藉此随风飘扬,落地生根,繁衍生命。每一朵羽状的白色小伞都带着一粒种子的希望,飘向梦幻中的绿野与湖畔。我松开手,松开一个装载着希冀的美好梦幻,目送着它悠然蹁跹而去。

面对柳絮不舍昼夜、不知倦怠地创造生命的浩大工程,我做不到心平气和、无动于衷。独自坐在一株柳树下,坐在漫天的飞絮里,我陷入了关于"生命"一词的近乎热烈的遐想。思维搅着飞絮在空中盘旋,在地角搜寻而不消逝。在我阅读文学与哲学的时刻,这样的感觉才会伴随着我。

数以万计的柳絮飘飞着离开了柳树,欲重获生命。我亲睹它们穿过高压线杆,穿过马路,穿过钢筋水泥逃出去,逃出去……尽管它们与一切障碍物耐心地周旋,谨慎地避让,仍然有一大批一大批的柳絮失去了生命。有的被扯挂在树枝上渐渐枯死;有的落在马路上被车轮碾碎;有的被堆集物压住,失去了飞翔的翅膀……绝大多数柳絮终究逃脱不了死亡的命运。即使少数幸运者遇到了沃土,但能存活的毕竟是极少的。生命初绽的那个阶段,新生的幼柳亦有可能在树们之间为了争夺土地和阳光雨露而早早夭折,葬送了蔚然成荫的梦想。

所幸,只有那么一粒粒极其幸运而又优秀的种子,落入大地母亲温暖而湿润的怀抱。不知沉睡了多久,种子醒了。它反复咀嚼着"留住我们的根"的含义。在通往光明与新生的这条充满了苦难的路上,种子的灵魂中积蓄着母柳的慈爱和因众多兄弟姐妹的死亡而产生的仇恨。它把爱与恨揉碎在每一粒细胞里,爆发喷薄而出的生命力,以至于掀翻石头,顶破亡者的头盖骨,从无边的黑夜里抽出了幸福而优秀的嫩芽。我惊讶种子滴水不漏的记忆力,一丝不苟地复述出了母柳的形貌。从萌芽长叶到吐絮的整个过程,它不辱使命。感知人们赋予它柳树的称号,它如释重负地道一声:"我终于背完了整套家谱。"它又将创造新的生命。

创造新的生命是生命的本能,是一种生命意识的觉醒。我想,柳树一定深谙生命的无常,才将自己所有的精髓最大限度地撒向人间。我在惊叹这种神奇无比的创造生命方式的同时,又为柳树这种慈母般无私奉献的情怀深深感动。生命的价值就在于这令人折服的创造中。

我不由得联想起人类自身的生命史。我们从何而来,这个问题已成为千古之谜。我们不必为此刨根问底、纠缠不休。真正值得我们思考的问题在于:在大自然万物的启悟下,我们应该懂得活着的幸运,珍惜生命,感谢生命,自爱且爱人,最大限度地提升生命的质量与境界。

栀 子 花 开

春末夏初是栀子花的季节,整个大地上空清香四溢。叶子的香气,花朵的香气,花朵与叶子混合的香气,因彼此缠绕而无法升到高空,把人们重重包围。

童年最香的记忆是关于栀子花的。家居的院内有几株栀子花树。芳菲落尽的晚春,淡淡的甜香还未散尽,栀子翠绿的枝头便挂满了花苞。一个清晨,突然有朵花儿绽开了,在晨风中怯怯地晃动着素洁的脸。次日,千朵万朵栀子花撑开了一把把洁白的小伞,仿佛是合唱。安静的栀子花树一下子因为万朵攒动热闹了起来,整个院子瞬间变得彩蝶轻舞,芬芳透香。花静蝶动,动中寓静,犹如一幅优美的花卉画卷。

花开的清晨,我们起得最早,因为栀子花大多夜间开放。家人竞相采撷,花儿显得供不应求。一日,我被窗外的月光骗了,返回屋再睡却无睡意,更怕真的睡着了一时醒不来,于是趁着月光采摘花朵。月光下的花树如梦幻一般。一丛一丛的栀子花,宛如一片一片月光,恍惚间我不知自己是在采花,还是在捡拾月光。花儿大多夜间开放,蕊里总是储蓄些晶莹的露珠。我把花儿从花蒂拔出,噙着花蕊一吸,满口生香,内外通透,无形中竟有些仙风道骨的神韵。

拥有了栀子花就拥有了不一样的情怀。用蓝边的白瓷碗盛水插花,是母亲一生中最浪漫的事情。缀满花苞的花碗摆在床头,香气溢满了屋子。在清水的滋润下,花儿绽开了。母亲把花朵别在发间,戴着它下田,忙家务,走到哪儿香味就飘到哪儿。我和妹妹则成了会走路的栀子花树,发辫上戴着,衣襟上别着,袖口里藏着,裤兜里装着。兴致来了,还会给小猫尾巴上系上一朵。栀子花开的日子,就是快乐之花盛开的日子。

冥冥之中,栀子花注定成为我一生最爱的花。不管置身何处,只要听到栀子花声,看见那小巧的竹篮里绿叶衬着玉雕般的花朵,连同那蹲在竹篮边被花儿染上动人色彩的老妇人,我便会久久地留恋。老妇人卖的哪儿是栀子花,分明是在出售人间的清芬。我买上几朵,满手盈香,走得很招摇。花开时节,我家的书桌上、床边、沙发上,都会开满我从各个角落收集来的洁白芬芳的花朵。微风过处,便是缕缕不绝的花香。夜半醒来,似乎总有一缕歌声,若隐若现,拂过月光下盛开的栀子花树,拂过花香迷离的童年。

走笔至此,窗前的栀子花正在热闹的枝头徐徐绽放,把酝酿了整个季节饱满的芳醇与洁白,倾囊赠予爱者——它爱的和爱它的人们。这世界是真实地存在着一种深情的。不然,何以连一树盛开的栀子花都会在我的梦中如此缱绻呢?!

细数梦里飞花

食 花

陶渊明先生见有朋自远方来,即以菊花烹作菜肴,食菊饮酒。杜甫不但食槐花,且食槐叶,有诗为证:"青青高槐叶,采掇付中厨。"袁枚喜食荷花。杨万里云:"老夫自要嚼梅花。"古人食花或为充饥,或为风雅。

食花饮露本是高人逸士所为,而在我的故乡,祖先早已把槐花端上了餐桌。食花非为充饥,更非为风雅,仅仅是为了换换口味而已。

头一抹春色涂在了故乡的槐树上,新生的槐叶是东风剪出的绿流苏,圩埂村路上种满了槐树,五月是槐花盛开的季节。一株株槐树在绿波荡漾里纷披了花蕾,像串串风铃。它无声却又不停地吐出芬芳的语言,微风拂来,纷纷扬扬,状若飞雪。空气里弥漫着一丝丝清香,吸一口,几乎香破了鼻子。槐树的花期大约在半个月,半个月内枝头上所有的花蕾次第绽放。在这段时间内,家家户户的孩子都会挎着小竹篮,飞向槐树。男孩子一蹿就爬上了树,女孩子总是想方设法站上人家草垛顶,尔后,一串串密密匝匝的槐花离开了树枝进了小竹篮。我一边摘着一边往嘴里送。清晨的花蕊总是储蓄一些夜露,我把花朵从花蒂中拔出来时,噙着花蕊一吸,满口清甜。小竹篮花满外溢,我摘下头顶上的草帽,欲盛放战利品。风像一个调皮的孩子,把花香丢得到处都是,又趁我不注意,掠走了我的草帽。我追着风捡草帽,当我捡起草帽时,草帽下正罩着一

亲亲麦子

双蝴蝶。这是梁祝的精魂吗?! 它们从春天的琴弦上抖开丝绸般的华服,在槐花装扮的舞台上翩翩起舞。

满载而归。母亲系上围裙,把槐花倒进竹箩里漂洗,接着又把洗净的槐花和米拌匀,再打进几个鸡蛋清,撒上一层白沙糖,放入沸水翻腾的锅中。槐花大米鸡蛋的香味交织成一张网,网住了我的嗅觉和味觉。饭熟了!揭开锅盖,一团团松松软软的槐花饭雪白雪白的,泛着热气,和热气一起向外飘散的是馥郁的香气。我的小碗里盛得冒了尖。隔壁的孩子们和他们的妈妈都端着碗出来了,个个碗里都是堆得冒尖的槐花饭。孩子们比试着谁家的饭好吃,妈妈们互相交流着厨艺。槐花的清香伴随着孩子们爽朗的笑声在村庄里回荡。

采摘下来的槐花多得吃不完,就用开水焯了晾干,装进塑料袋里,等到菜蔬紧缺的时候,拿出来炒鸡蛋吃,那是一道美味佳肴。槐花白,鸡蛋黄,让人看了就食欲顿增,吃起来香喷喷、柔筋筋。槐花是小人物,但小人物也有飞黄腾达的机遇。有一次朋友聚会,在一家餐馆邂逅了槐花炒鸡蛋。清心爽口的槐花在鸡鱼肉蛋中占尽风光,赢得了众人的青睐,且美其名曰:绿色食品。

流年似水,十几年后,当我写下"槐花"这个散发着芬芳的词语时,我的口中依然有清香缠绕。那座沉浸在槐花透明的清香里的村庄,让我魂牵梦萦。

尼采说:"我们将再度澄清。"我们的内心是一个大杂院,堆满了杂物,但它同时又是一个过滤器,过滤一切杂质。我们焦躁的心灵需要澄清,有时凭借一朵鲜花一汪清泉一片流云,有时凭借一段文字一幅图画一份真情。今天,我凭借的是故乡的槐花。我在故乡的槐花里再度澄清自己,重获纯净与清澈。此时的我,满口余香,内外通透,无形中似乎有仙风道骨的韵致。

细数梦里飞花

心版上的花

野菊花

　　清朗的天空下,野菊舒展着纤细的腰身,从绿叶丛中探出脖颈。它们梳着清一色的卷发,一缕一缕地打着卷儿,卷儿环绕着卷儿,重重叠叠卷着温情和香润。

　　满山遍野的野菊花洋洋洒洒地开着,浓浓淡淡的黄、白、紫三色,是在酝酿一首吟诵乡村的诗呢,还是在用彩色的音符谱写一曲充满憧憬的歌呢?它们缀在碧绿的枝头上,彼此不疏离也不簇拥。野菊开得繁华热闹,但绝不招摇,只着一身素装,不加刻意修饰。它只是让自己缀在离泥土适宜的枝头,让自己的质朴明明白白,让自己的心境清清净净。

　　野菊花让我想起乡间那些忙碌在田垄上的清清正正的女子。她们默默地成长,默默地嫁人,默默地相夫教子,心不想比天高,命不愿如纸薄,该耕就耕,该织就织,只愿在方方块块的田园里活出自己的本色,活出自己的风采。她们用瘦瘦的筋骨把乡村的灯火一盏一盏挑亮。

兰　花

我忍不住要将我的笔触无限深情地伸向兰花这种典雅脱俗更兼神性的花朵。纸上的兰花氤氲地开来,轻轻地摇曳出一派旖旎的风姿。

兰花长在幽静的庭院里,兀自美丽,碧绿的裙裾迎风飘扬,洁白的花朵清丽而端庄,浓郁的香气在幽静的庭院里静静地弥漫。

兰花让人想起身穿白衫,配白底蓝花裙,绾着麻花辫的清秀女子。她天然带着一抹清新明目的亮丽,像雨巷里撑着油纸伞的姑娘。忙来浇花种豆,飘移游走的姿态,如诗如画;闲来弹琴作画,琴是古筝琵琶,画是水墨写意。偶尔用小隶抄唐诗宋词,品味唐时风宋时月的景致与情怀。超脱而不轻狂,成熟而不世故;有思想而不为思想所拘,有忧虑而不为忧虑所郁,活得怡然恬然,活得质朴超脱。

向 日 葵

平凡而又高贵的向日葵,在众多的生命中,我最景仰你。你有着太阳般燃烧着的心,对光明的追逐,使你的生涯沐浴着苦难的光辉。

传说向日葵原是太阳神阿波罗的女儿,因为触犯天条被永远地贬谪到大地上。生在薄土,却心比天高,孕育出拳头般大小的花盘,遥遥地逐日。神灵的光辉只能照彻极少数人的心灵,但也将因此受到天谴与厄运。

向日葵让我想起一位女诗人。她的灵魂一直处于燃烧的状态,她渴望整个生命能够淋漓尽致地燃烧。对于自身生命力和创造力的珍视,使她战胜了对道德舆论的畏惧。她毅然决然地抛夫弃子离家出走,带着她心爱的书籍和文稿一个人上路,几乎所有的人都在指责她嘲笑她。为了成为大地上的精英,争回曾被剥夺的尊严,她在孤独、贫穷、漂泊中奋战,思念和自责如酷刑般折磨着她。为了一个叫"精神"的名词,她默默忍受着这一切。她如同好强的向日葵,把自己的生命之花开成太阳的形态太阳的颜色,把所有的鲜美都集中在花盘上,花盘上罗列有序的粒粒果实是她思想的珠贝。

亲亲麦子

凝望开花的树

　　整个春天,我仰望天空,看一棵棵心灵丰富而美好的树,用梦幻一般的花朵抒写生命的颂辞。于无声处听惊雷,那是生命的声音啊!树用甜美馨香纯净得可以燃烧起来的语言,让乡野沉醉,让季节沉醉。花朵静静地悬挂在枝头,清幽的花香在春风里一次次越过纯净而宽广的天空。
　　我常在一棵棵花树下留恋,不肯移动脚步,痴看一树花。梨树苍劲的骨干,托举起人世间的美丽,枝柯涌流日月精华,花萼淡泊地开出一朵朵尘世绝唱。缀于枝头长了翅膀的梨花一身清秀地绽放,圣洁的花瓣间蜜意层叠,柔情流转。凝视那一朵朵站在枝头的小缪斯,你的心田会绽放出洁白、温馨、纯净的花朵来。新颖如霓的春风吹开了桃花一朵两朵三朵,甚至几十朵花蕾按捺不住急切的心思,洋洋洒洒地绽开了。桃树低垂的枝条将繁花伸到人们的眼前,轻轻一嗅,有股细细的幽香。娇嫩的花朵太繁密,紧紧地缠满枝条,使人担心那细枝不堪其情。槐树绿波荡漾里纷披了花蕾串串,仿佛无言而又不停说话的白色小风铃。有如水的清风漾过来,轻轻摇摇,白花状如飞雪,飘飘拂拂,落满小径⋯⋯我如一只舞在蕊中的蝶,尽情享用花朵的馥郁与静美。
　　当我站在一株蓊蓊郁郁的开花的树下,当我的目光与花朵灼灼的眸光相遇时,你可以想象我该是怎样的惊喜,乃至狂喜。是那种透明的狂喜。美的事物总让我们陶醉,我的心灵被纯粹的美丽的圣洁的花朵打动，连那些皱褶的部位，也被花朵的光芒照彻。我从名缰利锁凡尘琐屑中挣脱出来，投入大自然一株自由开花的树中。树用花朵说话，用花朵表达情感与思想，表达得很智慧，很美好。花树是乡野的灵魂，花朵是树的灵魂。树沉默不语，树的语言却如同古筝琴韵，在我的心田缓缓流过，涤去浊世的尘埃。

  一棵树只要与土地和天空发生联系，就会与天合气，与地合灵，与天地精神往来，从而与人合情，把鲜美芬芳的花朵拿出来愉悦人的耳目。树以这种美好的方式证明，自己有一颗美好的灵魂。我真想把人类中的一部分领到盛开的花树下，在花朵清澈的目光的注视里，想想自己，想想自己的灵魂。我们人类占有了多少阳光、水和土壤，可是我们的心灵像一个大杂院，堆满了金钱、官位、名声……诸如美德、彩虹、星空，已被挤到狭窄的角落，乃至于无处存放，终被摒弃。我们的每一根头发都想着发财，每一个表情都向权力微笑，市侩的学问渗入了骨髓。我们的心园几近荒芜。试问，我们的心田还能绽放出多少美丽的花朵，献给我们赖以生存的大地和天空，献给我们的同类?!

  开花的树是为心灵显现的事物。凝望开花的树，我与花朵相互微笑，不约而同而心有灵犀。我的目光与灵魂变得宽广而纯净，即使花儿谢了，我依然会感到慰藉。它的精神已铸入我的灵魂。它们只不过换了地方，移植到我的梦里而已。花朵被我的记忆滋润得鲜美芳醇，而我则享受着心灵相偎的甜蜜。

盛满幸福的篮子

母 爱 如 棉

真正温暖我们一生的,是母亲与棉花。棉花体贴入微地和人类朝夕相处,呵护着我们的身体和生命。冬天,我们穿着棉衣戴着棉手套;夏天穿棉布裙子,一年四季拥盖着母亲缝制的棉花被子。

我与母亲一起种过棉花。种棉花是一件很从容的活儿。春眠不觉晓,待睡足吃好,太阳已是一竿子高了。不着急。挑一担黑黑的还纠缠着些许白絮的棉花种子,外加一把小锄头,慢悠悠地来到了田埂旁。松软的土被母亲用锄头挖出一个个洞,我抓一把棉籽在手心,随意丢几颗进去,复用土盖好……一次次机械重复着,缓慢、自然而有序。种棉花是很惬意、很轻松的活儿。

种下了棉花,田里便有了鲜活的生命。春雨润如酥,不几天,棉籽便勇敢地拱出地面,一排排绿苗,向你点头微笑。是无意中播下了一行行春天的小诗,还是五线谱上洋洋洒洒的音符遗落在田野上了?!

夏日的棉花枝繁叶茂,团团绿荫浓墨重彩地装扮着炎热的季节。考虑到通风,母亲狠狠心将一些棉花苗拔去,留下一部分身魁体健的,但也被掐枝剪叶。我坐在田埂上,顶着母亲从荷塘里摘来的荷叶做成的散发着清香的帽子,看着母亲头戴草帽,身体一点点低伏下去又低伏下去地忙着修枝剪叶。偶尔有胆大的蝴蝶立在母亲的草帽上歇息,那情景就像是一幅写意的画。

亲亲麦子

终于盼来了满田的棉桃吐蕊。秋高气爽天宇朗澈,一眼望去,天蓝蓝的,云白白的。天上的云不小心迷路跌进了棉花地里。云朵和棉花一样的洁白。左看是妩媚,右观是娇美。我和母亲提着竹篮,手指起伏翻飞忙着摘棉花。手指所触处柔软而轻盈,隐藏在棉桃里的白棉花,被阳光明媚地照着。我发现,棉花是世界上最温暖的闪耀着光芒的花。

初冬的阳光从窗外射进来,洒满宽大平展的凉席。母亲坐在上面俯下身子往裁剪好的新衣上絮棉花。母亲把棉花卷一点点地撕扯成一片片蓬松菲薄的棉花片,仔细絮在摆好的布片上。新衣边沿的棉花丝丝缕缕,薄如蝉翼。我在旁边左蹦右跳,任母亲怎么赶也赶不走,身上沾满了丝丝缕缕的棉絮,丝丝缕缕的惬意。

腊月临年,母亲缝制洗净的一大叠棉被。堂屋的正中铺开一张大席子,下面是雪白的棉布里子,中间铺一块绵软厚实的棉花胎,上面则是印染着大红大绿的龙凤呈祥的花被面。我在一旁帮母亲嵌好被角,母亲专心致志地忙活着,银针闪烁,长线飘飘,针箍儿像戒子一样戴在手指上,上面布满了小圆坑。因为棉胎比较厚,每一针都要借助它抵住才能顶过去,然后连着线拔出。针有时会涩在被胎中,母亲不间歇地将针在头上摩擦,大概是想让头上的油脂把针擦得更加润滑吧。母亲缝被子时,身子总是深深地前倾,像对棉花表达虔诚的敬意,又像是在满怀感激地拥抱棉花。寒夜里,裹紧母亲缝制的棉被,暖意从毛孔蔓延开来,直抵心灵的港湾。

棉花一直带着温暖的光芒在我的心灵深处泛着朴素纯洁的清香。和母亲、棉花相伴的岁月,在我漫长的生命篇章里,是最为幸福、安宁、美好的情节。

盛满幸福的篮子

外婆的枸杞

我知道,那些枸杞依旧在外婆家后面纵横交错的阡陌上很平静很朴实地生长着。依旧花儿鲜艳,枝繁叶茂;依旧果实累累,色泽诱人。曾经在许多个朝霞瑰丽的清晨,我和外婆踏着露水,轻轻地摘下红彤彤的枸杞。

外婆打来电话,说枸杞熟透了,已经摘下来晒干了,盼我去拿。我说:"外婆,算了吧,市场上枸杞有的是卖,您年纪大了,腿脚不灵便,就别摘了。"外婆说:"你不懂,还是自己摘的新鲜,趁着露水摘的枸杞最好。"原来,外婆想我了。我上小学三年级,就戴上了近视眼镜。外婆听说了一个偏方:用枸杞沏茶具有明目的功效。多年来,外婆为我摘了许多枸杞,洗净晾干,为我沏美味的枸杞茶。直到我离开家乡,有了自己的小家,外婆还让我把枸杞拿回自己的家。

每年仲春,枸杞的枝条抽出青的嫩芽,长得葱绿、茂盛,叶脉清晰,宛如浓缩的山涧溪流,墨绿而有光泽。待到淡紫色的花瓣缀在绿叶丛中,绿气就镀上了紫光,显得更加生机勃勃。初秋,状如纺锤的红色果实晶莹闪亮,簇拥在绿叶丛中,朝阳下,分明是一颗颗红宝石。天麻麻亮,外婆就起床,挎着篮子出发了。我悄悄地尾随其后。我们从一条地埂走向另一条地埂,从向南吹的晨风,走进朝西吹的晨风。外婆走走停停,在枸杞面前停下来采摘。她那满头的银发飘在初秋的晨风里，闪着圣洁的光芒。她一手牵住长刺的枝条，另一只手上下飞舞，灵巧地采摘着一颗颗红彤彤的枸杞。枸杞沾着露水，不停地从枝条上蹦跳到竹篮里。我跟在后面瞎转悠，不时蹲下身子去捕捉草尖上的露珠。我捏碎了一颗颗露珠，就是捉不住它，任它满地闪烁着亮光。我和外婆的布鞋踩着露水前行，那真是一段幸福的时光。我似乎能感受到枸杞和外婆同时幸福而激动的颤栗。枸杞激动是因为得到了尊重和褒奖，外婆激动是因为枸杞可以清亮外孙女的眼睛。外婆边摘边评点，这株结得多，那株颜色正。清晨的枸杞带着晶莹的露水，外婆的话也被露水润泽得清爽宜人。

外婆将红艳艳的枸杞用清水淘洗后，晾晒在一块干净的白棉布上。晒干后，用黑红色的瓷坛装起一部分，留待日后慢慢享用。留下一部分用塑料袋扎好，现沏现喝。我按照外婆指点的程序，把枸杞端端正正地置于玻璃杯内，浸泡十分钟，就开始慢慢品啜。白色的杯底，静躺着红玛瑙般的枸杞。细细品味，只觉有一种说不出的香甜随着升腾散溢的热气在齿颊间缭绕。

枸杞静静地卧在杯底，水里隐隐泛着红色。我在吸取它的血液，吸取它的精华。更重要的是，我吸取的是如涓涓溪流一般的爱——从枸杞中带来的外婆的深厚绵长的爱。

母亲的汤圆

孩提时代,最喜欢过年,准确地说是最喜欢过年时丰盛的食品。吃鸡鱼、食肉蛋、嗑瓜子、剥花生,但最盼望的还是吃母亲做的汤圆。

腊月临年,母亲要磨十来斤糯米做汤圆。糯米的"糯"字真是妥帖,说出了一种细而黏的质感来。最忙碌的日子当然是除夕。大年三十的晚上,我洗净了手,和母亲一道包汤圆。蒸汽弥漫的厨房里洋溢着喜洋洋的气氛。母亲先用水把精细雪白的糯米粉搅成团,再匀成一个个乒乓球大小的皮儿备用。包汤圆的馅儿大多是芝麻粉拌白糖。我们一边大声谈论着种种趣事,间或说上一两个脑筋急转弯的题目,一边将汤圆在掌心来回搓圆。不一会儿,圆圆的竹匾里已经整整齐齐地躺满了几十个小巧玲珑的宝贝。最有趣的是,母亲要专门包上一个用硬币做馅儿的汤圆,说谁能够吃到硬币汤圆,谁将在新的一年里交好运,心想事成。

大年初一的早上,我们在鞭炮声中欢快地穿上新衣,开始了过年的狂欢。父亲在汤圆开吃之前要到院子里放上一串鞭炮。只待锅中水开,汤圆浮起,刚刚好。热气腾腾、珠圆玉润的汤圆盛在蓝边瓷碗里,在我们眼巴巴地注视下端上桌。我们用筷子小心地夹着光滑、黏而香甜的汤圆细细品尝。母亲做的汤圆筋道有骨,你可以将汤圆咬破,然而却不能咬扁,及至蚕食到最后的一小块,它仍然像是一块碎玉。

我一边吃,一边心中充满了期待,那个深藏不露的硬币汤圆会在谁的碗里呢?幸运的是,差不多每年都是我吃到了"幸运汤圆",得到了"好运"带来的惊喜。直到有一年,我无意中发现母亲在一个汤圆上专门做了记号,并把这个汤圆舀给了我,我这才知道了为什么"幸运汤圆"总是眷顾我的秘密。我抬头悄悄看了母亲一眼,她若无其事地说笑着,还说着"羡慕你的好运气"。我吃着"幸运汤圆",眼睛里悄然溢出了泪花。我知道,母亲是想让"幸运汤圆"永远佑护着她的女儿。

如今长大成人,山珍海味吃过无数,可我最盼望的,仍然是过年,仍然是过年时能吃到母亲亲手做的汤圆。每到年关,我常在心底里对着家乡的方向呼喊,母亲啊,等着我,等着我回到您的身边,围着堂屋正中的八仙桌品尝您的汤圆。不论是否能吃到那包着硬币的汤圆,我注定都是幸运的。

手

伸出手,我独自端详,发现这双每天都在劳作的手有了几分粗糙,失去了往日的细腻与娇嫩。这是一双曾经美丽的手,修长、柔软而又光洁,每日用它梳理长发,用它接过母亲洗好的衣物,用它捧读席慕蓉的诗集,一页页地掀翻。恍惚间,少女时光一去不复返,我已为人妻、为人母。我的一双柔弱的手开始支撑起一个家的温馨与和谐。

我的手告别了镰刀、锄头,告别了大地上的耕作和收割。我的这双手比起母亲的手是幸运的。

母亲的手是世界上最灵活的劳动工具。母亲的手掌上结满了厚厚的茧子,乡村所有女人的手掌上都结满了厚厚的茧子。母亲的中指总是戴着一枚黄铜顶针,像城里的人戴着镶嵌着宝石的戒指。这一枚顶针在母亲缝制衣物时,既可以增加针的穿透力,又可以防止坚硬的针刺破手指。母亲的手把很大的床单泡在盆里细细地搓洗。我们的每一件衣服上都留下了母亲的指纹。母亲织毛衣又好又快,在那双飞快地舞动着的灵巧的手中,一件件新毛衣应手而生。母亲的手还能够经受住炙热和寒冷的考验。她的手能够顺利地把蒸熟的鸡蛋羹从热烘烘的锅里端出来。冬天,母亲用手撬开河面上的冰块,淘米洗菜,丝毫也不惧怕那寒彻骨的凉。年复一年的劳作,母亲的手变得粗糙干裂,手背上爬满了蚂蚁似的细小口子。手脏了洗,洗了脏,像粘满了

"黑芝麻"。母亲的双手为家撑起了一片晴空。

婆婆善厨艺。夫君领我初次登门,婆婆的手就忙个不停。她把炉火捅得旺旺的,忙火忙灶。过了不久,色香味俱佳的鸡鱼肉蛋摆满了一桌子。她站在桌旁一边用围裙擦手,一边乐呵呵地看着我们大块朵颐。她像客人一样被我一遍遍邀请后才上了桌子。上桌前,她怕未过门的儿媳嫌弃,用橡皮膏把手上龇牙咧嘴有碍观瞻的口子粘好。我写这篇小文时,她正坐在灯下用她那双布满了口子和老茧的手一丝不苟地为她的孙女缝制棉衣。

我家先生的手给我一种厚实温暖的感觉。他的手紧紧地握着我的手时,我体会到了一种纯洁忠诚的爱意。先生的手为我发烫的额头试过体温,为雨中的我擎过伞,为我们呱呱坠地的女儿洗过澡。他的手修补过五花八门的家具。因暴风雨突袭而停电的夜晚,总是这双手为家点燃起一片光明。

我为自己这双握笔的手感到庆幸,但我不会忘记更多的辛苦劳碌的粗糙的手。那些卑微、不常被人相握的手更应受到尊敬和礼赞。她们的手辛苦,然而干净、高贵。从她们手中落下去的汗水、青春、期待,都沿着手指播进了泥土里,生长出稻菽和菜蔬。稻菽和菜蔬都来自和我的母亲、婆婆一样的农民的手,而她们手中盈握的东西却很少很少。

静夜,我听到一片手的声音。插秧的手、剥玉米的手、写文章的手、弹琴的手、数钱的手、送礼的手、跳舞的手、扭门撬锁的手、拾垃圾的手、调电视频道的手……

每双手都是一部长篇小说,一部"拍案惊奇",令人展读后唏嘘不已。

家有乖乖女

我把女儿叫做乖乖女。这么叫的缘由,来自她半岁来给我的印象。

随着一声响亮的啼哭,我所企求的女儿来了。我一下子成了全世界最最幸福的女人。读她千遍不厌倦,读她的感觉像三月。她的皮肤呈粉红色,嫩的要滴出水来。精致的小小脸,像一粒瓜籽,眉宇间透出一股灵气。小胳臂像嫩藕一样,小脖子还没有长出来,头直接装在肩膀上。刚一诞生,她就乖乖地躺在襁褓里,不哭不闹,睁大眼睛滴溜溜转。爸爸逗她,她真的送给爸爸一个倾国倾城的微笑。她总爱有事没事自个儿乐自个儿笑。她一笑,我的心就暖暖地一动。当然,她也有哭的时候,开饭的时间稍迟了几分钟,她就急得两脚直搓,嘴巴撅得像个小簸箕,扁扁的。待吃饱喝足之后,常舒展一口气,似乎在感慨每顿"饭菜"来之不易。偶尔还会意犹未尽地咂吧咂吧嘴儿。看着她那心满意足的小模样,我比她还要开心。

外婆初次来看她,她却反复打量外婆,鼻子一耸,仿佛嗅出了生人味儿。嘴角一抽,"哇"的一声大哭起来,不要外婆抱。稚嫩如刚刚破土的幼芽,最需要的是安全感。因此,她最爱选择妈妈的肩。她喜欢趴在我的怀里,下巴像小锄头,一下一下锄我的肩膀。只要有我在,有我的呵护,她就安宁舒心。她的自我保护意识真强。

亲亲麦子

她逐渐意识到外婆的到来大大提高了自己的待遇。她躺着的时间更少了。外婆常常把她抱在怀里,给她唱儿歌。坐着看风景比躺着效果强多了,她开始依恋外婆了。外婆说她乖,有理有据。外婆带来的年长两岁的小姨姐不懂得疼她。外婆一抱她,小姨姐就吃醋,哭着叫嚷:"别抱妹妹!别抱妹妹!"外婆只好放下她,陪小姨姐玩。她则不哭不恼,乖乖地躺在摇篮里看,并不时咧开小嘴儿笑。

她的聪明乖巧跟着日子长。见着爸爸妈妈看书写稿,她就知好识歹地躺在院子中的小推车里,两三个小时也不哭不闹。不是看邻家孩子玩就是看天看云看树叶,有时还"哦哦"地自慰自乐。到了三个月,她的黑眼仁儿就忽溜溜转出许多内容。一日把她抱到大人堆里,她的注意力马上就集中到邻居王奶奶身上,盯着王奶奶的一举一动。见王奶奶不理睬,她就"噢噢"地叫,直到引起王奶奶的注意。原来她在跟王奶奶打招呼,她记得王奶奶曾经抱过她。王奶奶一伸手,她就举手响应,欢天喜地地要王奶奶抱。

她文明卫生的雅兴很高,她的最爱就是到自己的小澡盆里清洗、浸泡、玩水。只要一见着大人拿着颜色鲜艳的大澡巾过来,她就明白自己的洗浴快要开始了,高兴得手舞足蹈。洗脸的时候,她双目微闭,忽闪着长长的睫毛,任凭奶奶将毛巾在她的小脸上尽情地擦洗。换衣服时大人们通力合作,她任其摆布。她显然喜欢干净、清爽。

晚上睡觉,我最爱端详她媚人的睡态,轻轻地给她拢拢头发,拽拽被角,倾听她那音乐似的美妙的呼吸,嗅闻她的体香很久很久,拥着她入眠。

乖乖女是邻居和亲友对她的一致评价。这个语境中"乖"与"好"同义。我希望我家乖乖女能填补曾经感动过无数时代心灵、赢得过无数历史赞扬的"经典之美"的短缺,成长为一个优雅、从容、纯净、智慧、灵魂精致而富有美德的女性。

盛满幸福的篮子

人生是用来享受的

意大利记者吉阿提尼访问著名钢琴家鲁宾斯坦。结束时,钢琴家送给他一盒自己最喜欢抽的雪茄。记者受宠若惊,感激地说:"我要好好地把它珍藏起来。"鲁宾斯坦听了连连摆手,坚决地说:"千万不可,你一定要把它抽掉。这些雪茄美妙如人生,人生是不能保存的,你一定要尽情享受它,没有爱和不能享受的人生,就没有乐趣。"

很久以前,我就喜欢上了"享受"一词。享受是幸福和甜美的化身。正如蒙田所言,享受人生是至高无上的美德。我享受生命的意念,来源于天地万物的开启。天地有大美而不言。上帝创造了日月星辰、雨雪雾霭、飞瀑流泉、花草树木,愉悦人的耳目。大地厚德载物,献出了五谷瓜果、走兽菜蔬,滋养人的躯体。上帝的本意是要人们在辛勤劳作的同时,快乐地享受生活。享受,这样一个美好的词语,不知道在何时被一些高智商的穿长袍的布道者和鸿儒雅士扭曲了。数千年来,某些崇山峻岭般的伟人先知,阻挡着人类自然生命的小溪流。万山不许一溪奔。他们用条条框框制约着、束缚着人们,要人们艰辛工作,做牺牲和自律的殉道者。

每一个生命个体都是一个爱的结晶。每一个生命个体都是珍贵的、无价的,都是秉承天地、人神的造化而结晶的灵物。这种亵渎生命的教化,如今已被否定,可是新的困惑依然缠绕着人类。在这个媒介

亲亲麦子

充塞了视听、信息代替了思想的浮躁的世界上,我们的心灵和躯体逐渐分离。我们的心灵充满了对宁静生活的向往,而我们的躯体却背负着超重的身外之物,向前疾驰,无暇他顾。每个人都在慨叹:活得太累了!其实,正是因为我们走得太快了,以至于把灵魂落在了身后。为何不放慢脚步,听听自己的心音,做做自己最想做的事情,好好地享受生活呢?

享受不是毛毛雨,不会从天而降。享受是创造的过程。但是,享受生命其实可以很简单。享受可以是林中的一次散步。绿树成荫,满眼绿叶田田,苍翠欲滴的叶缝间弥漫着清新的气息,渐渐地沁人心脾。或边走边思考,或与爱人孩子边走边闲谈,或与三两知己把酒话桑麻……那份惬意是无法言说的。享受可以是一杯午茶。我喜欢在午后浓睡的慵懒中为自己沏一杯香茗。漫不经心地往玻璃杯内放入茶叶,沏入沸水,透过晶莹的液体,盯着香茗舒展的肢体,等待着它们慢慢地将水染绿。在令人销魂的松懈中,我感受到了神性的爱和关怀。午茶构成了一种梦幻、一种虚拟、一种摆脱了真实的逍遥与自由。午茶尽管短暂,但它是个凉亭驿站。享受可以是抽出时间读一本自己心仪已久的好书。目及神凝,齿颊生香,心游万仞,精骛八极,灵魂自由地呼吸,精神饱满而芳香。全身因获得真理的照耀和爱的浇灌而释放出蓬勃的活力。享受可以是一次结伴而行的郊游,大家围坐在草地上,身后是葱郁的树木、清澈的溪流。幽远的风景,恬淡如西洋油画。大家在和煦的阳光下幸福地谈论着琴棋书画诗词文章。享受还可以是睡前诵一首唐诗吟一阕宋词,或者贪看一幅吴昌硕的水墨画,听一曲萨克斯……

享受不是一掷千金的挥霍,不是灯红酒绿的奢侈,亦不是珠光宝气的华贵,而是属于正常人的最基本的乐趣。我们的生命受到自然的恩赐,无比优越。如果我们虚度此生,或者觉得它不堪重压,那只能怨

盛满幸福的篮子

我们自己。

　　千江有水千江月,万里无云万里天。享受生命需要淡泊的情怀和足够的智慧,懂得享受生命的人,总是令人欣喜和感动。一个懂得享受生命和珍爱生命的人,会为一汪清水驻足,会为一串鸟鸣发出会心的微笑,会为一盆鲜花念上"应是绿肥红瘦"。享受,应该是每个人心中的一份禅意。有了它的陪伴,人生之路必有善有美可陈,眉宇之间,必然充盈着幸福清逸之气。

亲亲麦子

享 受 痛 苦

痛苦是一个人的影子,它忠实地伴随着人的一生。

男人有男人的痛苦,女人有女人的痛苦,孩童有孩童的痛苦,老人有老人的痛苦。平民百姓有痛苦,大腕明星有痛苦,帝王将相亦有痛苦。贫困潦倒,饥寒交迫是痛苦;遭人排斥,怀才不遇是痛苦;事业受阻,功败垂成是痛苦;存亡之危,身处绝境是痛苦。一个人可能一无所有,但不会没有痛苦。

痛苦强烈如天崩地裂,微弱若袅袅梵音。痛苦大如浩浩宙宇,小似点点齑粉。面对痛苦,不同的人有不同的哲学。有的人采取拒绝、积压、妥协的态度,痛苦可能会变成恶魔,把鲜活的生命吞噬殆尽;有的人采取吸纳、分解、转化的办法,利用精神的炼金术,把受伤的灵魂盛在由痛苦转化的蛋壳里,孵化出新的生命。

痛苦是孕育成功者的温床。造物主常把高贵的灵魂赋予卑贱的躯体,把它的宠儿放在下等人中间,让他们操持卑贱的职业,使他们远离金钱、权力和荣誉,令他们在痛苦中生存。孟子曰:"故天将降大任于是人也,必先苦其心志,劳其筋骨,饿其体肤,空乏其身,行拂乱其所为,所以动心忍性,曾益其所不能。"痛苦造就人,使其在某个有意义、有价值的领域脱颖而出。

痛苦是智慧之花开放的根蒂。人之心灵深度,与其忍受痛苦之量成正比。上帝赐予你痛苦,是在衡量你心灵之深度。痛苦之锄挖掘你的心,在你的心上印下道道深深的锄痕,在你心田之锄痕处播洒智慧的种子。在痛苦中审视生命本身,青青茁壮的幼芽自锄痕深处,日渐萌发,蓬勃成长,你的智慧之花定将傲然绽放。

　　文学是生活的苦果。谁曾是生活的不幸者,谁就有条件成为文学的幸运儿;谁让生活的苦水一遍遍地泡过,谁就有可能成为亮光光的福将。生活把你肆意掠夺一番,才会把文学馈赠给你。《离骚》、《庄子》、《史记》、《草堂诗集》,李后主之词,都是痛苦的产物。曾获诺贝尔文学奖的美国作家福克纳把人们带进痛苦中,又牵引着人们的精神从苦难中拔脱。福克纳用他所能传达的人物从各个角落发出声音来拯救人类。他在太多太深的生存不幸中,发现了一种不可摧毁的精神,那便是他一生苦苦追寻的彼岸。他告诉读者,你无论怎样被压在最底层,但精神应该永远支撑着,这样你才可能不倒。福克纳要的不是生存的质量,而是生命的力量。痛苦里面包藏的是钢铁,安放在痛苦上的灵魂必然是倔强的生命。最坚硬的东西不是物质,而是精神,与灵魂较劲,灵魂比剑更强。

　　自古而今的仁人志士都常怀忧国忧民之心。中国知识分子自屈原以来皆"哀民生之多艰"。中国之外的罗素也说过:三种单纯然而极其强烈的激情支配着他的一生。那是对爱情的渴望,对知识的渴求,对人类苦难痛彻肺腑的怜悯。爱情和知识把他向上导往天堂,但怜悯又把他带回人间。痛苦的呼喊在人寰反响、回荡。因为无助于人类,他感到痛苦。

　　痛苦充实了每个富于感情,善于思想的人生。缺乏痛苦,人生将剥落全部光彩,幸福更无从谈起。当痛苦袭来,别拒绝,别害怕,只要学那珍珠贝,把痛苦紧紧咬住,就准能把它变成美丽的珍珠。

　　痛苦对人类而言,是一种神圣的锤炼。

亲亲麦子

享 受 闲 适

　　耶和华向摩西传十诫,其第四诫是星期天必须休息,守为圣日,可见享受闲适是神圣的。闲适是生命的自由空间,只是忙碌,没有闲暇,人会丧失性灵。用生命换取财富、权力、名声、地位,只是使用了生命,而不曾享受生命。享受闲适就是享受生命本身。

　　真得闲适个中三昧者,首先是身闲、体闲;其次是心闲、意闲。身闲方有闲适的时间;心闲才有享受闲适的心情。享受闲适,我把幸福的脚印踩在草木间的小径上,静静地听鸟儿在绿叶间啼鸣,婉转、清丽。我听不懂鸟语中的含义,但它们让我感受到了周围宁静平和的气氛。爽爽的清风袅袅地吹拂着叶片,如纤纤玉指在古筝上轻轻滑过的声音,我的心绪饱满而清新。闲适时读闲书是真读书,其境界最美,无任何目的牵绊,全凭自己之喜好。可顺着读,亦可倒着读,可一目十行不求甚解,亦可逐字逐句深入浅出细细玩味,心境是那样的平静而美好。

　　古人享受闲适附着于诗文。王安石"细数落花因坐久",是长闲。王维"晚年惟好静,万事不关心",是安闲。韦应物"尽日高斋无一事,芭蕉叶上独题诗",是清闲。韩愈"寻思百计不如闲",是顿悟。当代著名教授钱谷融先生为自己的书斋取名为"难得闲静斋"。"闲"和"静"是钱老先生毕生的向往、渴求,而不易得。

盛满幸福的篮子

晚明的小品道出了闲适的真情真趣。晚明文人的闲适之文恰像清雅的梅枝扎成的浮筏，虽不经风雨，静卧历史的深处，却能开放清香艳丽的花朵，浮出历史长河的水面。因为编织文学之筏的梅枝，乃是人的精神，人的性灵。这些貌似闲淡的文字却传达着深沉如海的妙悟。随手翻开一页就能感受到文学之筏所透出的出尘脱俗的仙气禅机。走进袁中道《西山十记》，婆娑的竹影，摇漾的柳丝，沁脾的香荷扑面而来。至爽籁亭，便可听得泉声哀松碎玉、摇荡川岳的天籁之音，涤荡人的灵魂。李流芳在《题画卷与子薪》中讲述了一天的生活：在"新绿映槛，雨润欲滴，门外屐声不至"的闲适中，二三知己斟酒畅饮。陪伴它们的只有"视人而笑"的蔷薇，还有"著花如雪"的虎茨。艺术、文学、生活就这样自然交融成了一体。闲适的文字折射出艺术、自然、人生种种哲理之思。

一颗诗性的灵魂、超越的灵魂、"有情"的灵魂，不可能在喧嚣忙碌中挤压、发酵出来。在闲适的哲思中才能提炼出真正的智慧。丰富而高远的灵魂需要一种闲适，一种空旷，一种虚静去与天地对语，与万物对白。我曾经在书中看过乐圣贝多芬，他着一身黑衣，双手插兜在荒林中散步，影子陪伴着他寻求灵感。贝多芬闲适的时候，他的乐谱和钢琴被冷落在一旁。他来访问静静的秋林，谛听落叶的微语，感受大自然的脉息，这一切形成了乐曲中神奇的旋律。他在闲适之中储积力量，完成壮丽的交响。此刻的闲适，在他的乐谱中形成了最感人的声音，震撼着人们的心灵。

闲适是一个散发光芒的词语。享受闲适，就是用它来擦拭黯淡的被锈蚀的缺少光泽的心灵。

亲亲麦子

享 受 寂 寞

寂寞是一种拒绝与人分享的享受。寂寞使空虚的人孤苦,寂寞使浅薄的人浮躁,寂寞使睿智的人深刻。一个人百无聊赖,情无所寄,便会寂寞。一个人心驰神往,思亲念友,便不会寂寞。一个人文思泉涌,佳作待书,沉浸在创作的欢愉之中,寂寞便成了一种享受。

生命旅程中,总会有一些无人相伴的时光,任何生命个体都不可能摆脱寂寞。这既是生命与生俱来的痛苦,又是自然界赋予我们的生命尊严。上苍恰恰是通过生命个体的寂寞来激发其创造潜能的。

我在寂寞中一次次提炼自己,痛楚而又惬意。一些原本粗糙的情思,因着寂寞的梳理,深化为思想。一些精神片断找到了突破口,彼此汇聚成一股合流,畅快地涌向笔端……西谚云:如果一个人能够沉浸在寂寞之中,那么他便是一个拥有了无穷力量的人。写作最需要的就是寂寞。笔耕不辍的过程就是难以名状的寂寞前行的过程。我身处寂寞而不感到寂寞,因为我享受着寂寞开出的芬芳的花朵,我享受着寂寞结出的甜美的硕果。

我在许多卓越人物的著作里分享过他们的寂寞,他们的寂寞是全人类的财富。"前不见古人,后不见来者",陈志昂的寂寞凝结成怆然而下的泪水,漂洗无法施展的抱负。楚剑兰心,"路漫漫其修远兮,吾将上下而求索",屈子的寂寞荡漾成滔滔江水,负载着壮志难酬的悲愤。"躲进小楼成一统,管他冬夏与春秋",鲁迅先生把寂寞凝固成铮铮发亮的匕首,投向黑暗社会的心脏。梵高的《向日葵》,贝多芬的《命运》,柴可夫斯基的《悲怆交响曲》都是寂寞的产物。古来圣贤皆寂寞,最高贵的灵魂往往是最寂寞的。在高贵的灵魂中,寂寞是一团永不熄灭的火焰,熊熊燃烧的火光照亮了整个寰宇,给全人类以光明和温暖。

寂寞是一曲无声的乐章,此时无声胜有声;寂寞是一块试金石,可以试出一个人意志是否坚韧;寂寞是洒向人间的清辉,融进我们情感的夜露,沐浴着我们的心灵。寂寞更是酝酿成就的养料,缘此,哲人才对有理想有追求的人说:要耐得住寂寞。

亲亲麦子

享 受 宁 静

　　风平浪静波澜不惊的海面更能赢得水手的垂爱。"大漠孤烟直，长河落日圆"的景象更能博得文人墨客的吟诵。曲径通幽的森林幽谷以它特有的宁静使旅人留恋。大自然赐予我们宁静，我们的生命需要宁静。

　　宁静是滤净了一切利欲渣滓的透明情怀。宁静的目光里没有喷涌燃烧的激情，但它蕴含的是睿智；宁静的举止没有挥舞出慷慨激昂，但它蕴含的是通达。高耸的雕像是宁静的，但它始终是神圣不可侵犯的。宁静写在脸上，心灵更澄澈深邃；宁静写在心上，面容更光亮柔美。宁静是女人的，如月色的柔美；宁静是男人的，如箭在弦上的冷峻；宁静是老人的，如潮落后的安详，淡泊而致远；宁静是少女的，如带露的花蕾，芬芳依然包藏；宁静是大自然的，天籁之声净化了人们的心灵。

　　宁静开阔了心灵的视野，不声不响却神采飞扬。宁静是智慧的门窗，是烦躁的滤器，是灵感的土壤。宁静如水，能洗去抑郁惆怅和颓唐；宁静如石，能磨掉锈迹，使才智闪光。宁静并非是逃避现实，而是在喧嚣中独辟一条幽径，在为自己搭建好的氛围中，让思想和幻想成为可能。在宁静的光芒里，我们只与自己的心灵交流、融合，完成个体心灵的铸造。

盛满幸福的篮子

我喜欢宁静的冬天,冬天的宁静总是与雪发生关联。在雪中憬悟宁静的真谛,我一片释然,心澄如雪。冬夜,雪寂寂茫茫地落了很厚,房前屋后的灯光影影绰绰,晕染在飘飞的雪花上,迷离惝恍,自有一番韵味。我全身包裹,独立雪中,雪花拂过脸颊,冰清冰凉。雪在寂寥的冬夜兀自快乐地飞舞,用自己纯洁的心灵修饰这个世界。静静地,静静地,轻轻落下。宁静就是这个时刻到来的,天空一样,大地一样,雪花一样。我的心静静地沉浸其中,被宁静融化了,融化了……就像大地融化了雪花,融化了时间和生命。那是一种自由的浮游与随意。我喜欢生命的这一种姿态,宁静的姿态。

一位朋友偶然间说到,她在雨后清晨路过花坛边听到了花朵开放的清脆的声音。我心中不由一动:这是一幅多么浪漫、绝妙的图景。花朵开放的声音倘若存在,那一定十分纤细、微弱。不要说噪声的干扰,即使烦乱的心情亦足以将其湮灭。花朵开放的声音,那是一种只能在超越个人功利、物我同一、出神入化的宁静的意境中,才能体味到的细微的优美和声。

艺术与哲学往往产生于宁静之中。在喧嚣的人群中,难以提炼出真正的智慧。在人群之外,我们需要一种空旷、一种宁静,与天地对话,与万物对话,与永恒对话。孔子独自面对滔滔东去的泗水,发出千古一叹:"逝者如斯夫,不舍昼夜。"释迦牟尼静坐菩提树下冥思,大彻大悟,尽除烦恼,证成佛果。法国大哲帕斯卡尔于宁静的旷野发出浩叹:"无限空间的永恒沉默使我恐惧。"爱因斯坦终其一生都在宁静的状态中行走,缘此,获得了与宇宙对称的灵魂。这些远离人群的伟人,在宁静中获得了丰盛的精神礼物,并且将这些精神礼物馈赠给全人类。

只有拥怀天地的人,才能享受宁静。宁静是天地人的一种默契,也是滋补心灵的精神盛宴。在人群中挤累了,可否寻一静处,在宁静

亲亲麦子

里拥揽天地,看风起兮,看叶落兮,将天地纳于吾心,让心魂氤氲飞升,渐渐散去,散去……

　　裹在黄叶飘飞的暮色里,独啜宁静,聆听心音,享受尘嚣中心灵的憩息。人淡如菊。

盛满幸福的篮子

灵 魂 之 爱

爱情是一种燃烧,需要燃料和燃点。不是所有的燃料所有的温度都可以点燃的,不是所有的时间所有的地点都能够点燃的。

每一个人在异性世界中都可能有一个最佳对象,一个所谓的"唯一者"。但是,人生短短,人海茫茫,这种相遇的几率寥若晨星。如果这份天造地设的爱生不逢时,它就只能脱离男女实体,跃居精神之上,成为灵魂中的爱慕与结合。两千多年前的柏拉图就遭遇过如此美丽而又缺憾的爱。他说:"最高境界的爱,是对一个美丽身体的审视,是对一个实质形式的向往,是一种眺望,一种出神的关照,而不是占有。"柏拉图成了精神恋爱的鼻祖,他给爱的困惑者提供了依据和出路。

艾米丽·狄金森是个看上去弱不禁风却洋溢着浓郁书卷气息的女诗人。她端坐书桌前,身着洁白的裙裾,裙褶摆出涟漪。灯光与她的目光叠合,投下了一朵暗影。她沉醉在自身酿造的气息里思念着一个人。她爱上了父亲的同事洛德。爱意透过她的眼神投射出夜色,于是有了意趣。她给洛德夫妇俩写信,她说,我给他们写一封信就花去一个晚上的时间,我向两人说话,可是我的心是给他的。艾米丽的心灵出离了,她无法知道自己要去哪里,却知道自己不该去哪里。她不该去洛德身边,她不能去幻想中的爱巢。洛德仿佛是艾米丽的上帝,树林因他更葱郁,花朵因他更艳丽。艾米丽眺望着他身边的一草一木,都笼罩着幸福的光环,润泽丰盈而晶莹剔透。1884年,洛德死于中风,对艾米丽来说,这是个致命的打击。两年后,艾米丽也随之香消玉殒,追随洛德去了。她的妹妹在棺木上放了一束鲜花,让她带给洛德。艾米丽忍受着非凡的孤独,以诗篇告诉我们什么是爱,什么是永恒。

维多利亚·高龙娜的十四行诗流传于整个意大利。她认识了艺术巨匠米开朗琪罗。两颗魂魄飘兮渺兮,于一刹那豁然相通,带来了玄奥与沉迷。他在内心看见了她,她亦在内心看见了他。米开朗琪罗在诗歌中表达了对她的爱恋:"我的眼睛不论远近,都能看到你的倩影!可是夫人啊!我止步不能前进,只能垂下手臂不出一声。纵然一片痴心,却无法和你接近。"可是高龙娜的才情并没有为爱情增添幸福的砝码,她的修养反而加剧了灵魂的痛苦。尽管米开朗琪罗那样爱她高贵的灵魂,她完全可以在甜蜜的撩人的小夜曲般的氛围里,如一朵百合般在爱中绽放一个女人的芬芳。然而,她心灵的纯粹与高尚阻止了她去追逐新的幸福。她无法像一个把欢乐放在首位的女人那样恣肆地听从生命本能的召唤。她给米开朗琪罗的只能是纯洁得近乎神圣的情感。她将对米开朗琪罗的灵魂之爱升华到了十四行诗中,打开了另一个层次的生命之门。

金风玉露一相逢,便胜却人间无数。柴可夫斯基与梅克夫人偶然相遇,一见钟情,念念不忘。他们鸿雁传书一千多封,倾吐着无尽的爱怜与思念。他们只能用文字的彩线编织梦中的家园。爱之花一次次绽放,又一次次地坠落、消融,唯有真情在心灵上空喧响。机缘所至,他们乘坐的两辆车即将碰面。此时此刻,他们被爱击中了。他们明白迎面而来的就是自己日思夜想的那个人啊!可是为了避免火焰四起的情伤,他们选择了擦肩而过。走过之后,两辆车子不约而同停了,久久地伫立着。车中人泪流满面。懂了,却无法私语;爱了,却无法偎依,无法沉溺;分明可以红袖添香,却要绕过去,继续流浪。他们违背了心灵的旨意,滂沱的泪雨凝结成《第四交响曲》中绵绵不绝的忧伤。

　　灵魂之爱的痛苦与困惑让人欲说还休,它携带着灵魂,却抛离了肉体。人要在情感的悖论中完成情感意愿,在情感破碎中走向情感完满。两颗心灵如同两团火焰,仿佛凤凰涅槃时的熊熊烈火被理性的圣水扑灭,并且获得了新生。

　　灵魂之爱以它的圣洁和唯美,定格于生命的家园中。爱的痛苦变成珍珠,穿越时空,散发出久远的光芒,妖娆而动人。

亲亲麦子

牵挂是一种美丽

在纷繁忙乱中稍一驻足,你停在街角,脑海里便会莫名其妙地浮现出一个人的音容笑貌,牵挂得你的心一揪一揪地痛。

小时候,我最牵挂的是把我带到这个世界上的父母双亲。我的父亲在离家较远的采石场上班。每到周末,夜幕降临星光点点的时候,我总会一个人守在路口,望眼欲穿地等着爸爸。只要他高大的身影一出现,我总是立刻飞身上去,拉住他的手,然后任那双温暖的大手牵着我的小手,踏着月光如银的小路回家。上学后,我一进家门总是寻找那张我最熟悉的妈妈的面孔。见不着母亲,我就会情不自禁地叫喊:"妈妈——妈妈——"然后,一个房间一个房间开始寻找,直到在厨房、菜园,或者庄稼地里找到了她,我才安心。

外出迟归的晚上,母亲总会在路口翘首企盼。不管是严寒还是酷暑,无论是雨天还是雪天,任凭寒风吹乱她的白发,任凭急雨敲打她手中的雨伞,母亲总是等着她迟归的女儿回家,从锅里端出热了又热的饭菜。

在与夫君短暂离别的日子里,我总爱读他第一次远行途中写给我的信件。对于离家远行的人,占据他心头的并不是眼前的景物,而是他看不见的妻儿。习惯于醒来后第一眼见到我的夫君,在那一次我不在他身边的远行的夜晚,拧亮台灯,本想通过电话对我说点什么。可他转念又想到我醒来后恐怕难再入眠,于是他抓过笔在一张便笺上给我写信。此后,在他离家的日子里,我不只一次重温他给我写的信件。我想象着他躺在床上给我写信时的情景,有一种抑制不住的快乐。而我在读信时,会忽然想起他灿烂的笑容,一种微醉的幸福感荡漾开来。

女儿出生后,住在公婆那里。在离开女儿上班的日子里,我差不多每个周末都要回去看她。为了抢时间,我常常是坐夜晚的汽车,晚上六点上车,途中转车,九点多才能抵达老家。途经县城和数不清的村庄,在归乡途中想起女儿的笑脸,我的心里盛满了蜜,似乎车子一摇晃,蜜汁就会溅出来,感染一路的风景。月光下的枣树林、稻田、河流、村舍,一两声鸡鸣犬吠,一切都会令我心醉。阔别之后的柔情,在我把女儿抱在怀中的那一刻激发。

似水流年,大浪淘沙,多少日子沉在了岁月的河底,而挚友知己的面孔却时常浮现在脑际,一张张亲切的面容,鲜活而生动。深夜,橘黄色的灯光下,当我独自品味一篇小文,欣赏一首小曲,读到动人处,听到醉心处,会猛然想起他们,这便是牵挂。

牵挂不同于记忆,记忆依靠头脑搜索,而牵挂凭借无尘的心灵来感应,就像涟漪不起的水面,忽然有一丝波纹闪过,那令人心醉令人颤抖的感觉油然而生。牵挂是一种独特的心灵表白,一声轻轻的由衷的问候,一张随手挥就的便笺,不那么隆重,不那么经意,却让人感动,让人幸福。

牵挂是人间一份款款的情悠悠的爱,这个世界因牵挂而存在。牵挂是一种美丽。

推开幸福之门

　　幸福是什么？幸福是一种心灵的振颤，是一种感觉；幸福是对人生的感悟，对生活中一切美好事物的体验；幸福更是对生命的热爱。幸福说到底就是自己觉得幸福。

　　芸芸众生都渴求幸福，追求幸福。幸福并非悬于天际的彩虹，遥不可及。幸福无时不在，无时不有。幸福如衣，亲切温暖地包裹着我们。你幸福，因为你有健康的体魄；你幸福，因为你有温馨的家庭；你幸福，因为你有一份不错的工作；你幸福，因为你有靓丽的青春。请你放缓匆匆的步履，静静地以平和感恩之心，体验幸福的真谛。请你珍惜拥有的幸福，不要熟视无睹，失去时才后悔莫及。

　　幸福的感觉是相似的，但幸福却无固定标准，仅凭个人的感受而已。你的文章变成铅字；你历经百转千回找到了相伴终生的爱侣；你坚韧不拔的努力换来了鲜花与掌声；你走进家门妻子递上了削好的苹果；暗夜中为你守候的那一窗灯火；一个心心相印的眼神；一个倾谈，一个会心的微笑……这都是千金难买的幸福啊！如果说你感受到的每一种幸福都是一颗珍珠，那么每一颗能感受到幸福的心灵都是一条金线，用金线把颗颗珍珠串了起来，就是一条熠熠夺目，可以光耀生命的项链。

　　幸福不在我们身外，但是我们常常向身外找。有很多人并非为自己而活，而是为了他人的观瞻而构建自己的人生与生活。生活好像是为了给别人看，整日盘算着怎样更多地进钱，更快地升迁，更大地扬名，心里充满了奇特的自尊与自卑，被患得患失之感折磨得寝食不安、坐卧不宁、疲惫不堪。如果得不到公众的承认与肯定，再幸福也不幸福了，再快乐也不快乐了。回眸镜花水月的人生，功名富贵皆如浮云，又何必呢?！找不着幸福的原因是因为在出发时就迷了路。卢梭说："真正的幸福之源就在我们自身，对于一个善于理解幸福的人，旁人无论如何也不能使他真正潦倒。"幸福在我们心里，要往心内寻。

  一位女作家说她爱一切的天气，不管是阴湿的雨天，寒气逼人的冬天，或者乍暖还寒阴晴不定的古怪日子，她都心怀感激："谢谢，我收下了。"真正的幸福是源于内心的真诚喜悦，是正视人生的坚定成熟，是无怨无悔的超拔与宽容。著名语言学家周有光的夫人张允和告诉我们，拥有一个幸福的人生其实也很简单："第一是不要拿自己的错误惩罚自己；第二是不要拿自己的错误惩罚别人；第三是不要拿别人的错误惩罚自己。"质朴的心语蕴含着深刻的哲理，为寻找幸福的人们铺设了路径。

  一个能感受到幸福，领悟到幸福的人，才能享受幸福，创造幸福，才能推开幸福之门。置身于现实生活中，用一颗热爱生命的心正确对待事业和家庭，正确对待社会与生活，善待他人，善待自己，善待每个人仅有一次的人生。得意时淡然，失意时泰然，居逆境而能超脱，遇忧愁而能自解，拥有平和、豁达、乐观、进取的心态，才能倾听到幸福女神的呼唤。

  推开幸福之门，其实很简单，用"幸福"的眼睛注视世界，用"幸福"的心灵感知世界，把自己从无形的囹圄中解救出来，任凭幸福女神牵着你的手推开幸福之门说："喂，请跟我来……"

亲亲麦子

孩子，妈妈对你说

　　孩子,妈妈从小就喜欢创造性的劳动。而现在,妈妈全身心投入到一个充满欢乐、充满温馨和疲惫的创造中——妈妈在创造你呀!

　　孩子,爸爸妈妈都怕你的到来在给我们带来欢乐的同时,也带来诸多的生活琐事。爸爸妈妈都喜欢看看闲书,写写文章,轻松惬意。不料,去年元旦前夕,你不期而至,我们先惊后喜,爷爷奶奶外公外婆则大乐!

　　孩子,你胚芽初绽的最初几日,妈妈灵敏度极高的身体网络就接收到了你的种种信号:妈妈感到畏冷,感到疲惫无力,感到饥饿,只想睡觉……从那时候起,妈妈便换上了一副温柔的慈母情怀。任何外界的事物皆不能扰乱妈妈的心灵。妈妈的身心被小小的你占据了。为了让小胎儿你吃喝盈余,妈妈不忌口不偏食,即使难以下咽的东西也勉强吞下肚,生怕你营养不全面,影响生长发育。

　　孩子,自从你生命的胚芽一诞生,妈妈就在浑浊的反应堆中艰难跋涉。你拼命摇撼着妈妈的心灵和肉身,使得妈妈无所适从,总觉得整个人被悬在空中。妈妈的口腔是麻木的,经常会生出好多寡淡的清水。妈妈的鼻子变得特别灵敏,空气中混杂着一丝怪味都能分辨出来。孩子,尽管因你的入侵,妈妈的生理周期秩序皆被打乱,带来诸多不适,但妈妈心中充满着幸福和感恩,快乐地承受着这一切。

盛满幸福的篮子

孩子,现在你已经有四个月了。前几天做 B 超,你的小脑袋小腿长得有款有形。妈妈的手经常长久地贴着腹部,你感受到了妈妈手心的磁场和手温传达的母爱了吗?妈妈已真切地感受到了你生命的律动。我和你爸爸精选了一些世界名曲为胎教音乐,晚上睡觉前收录机翻过来覆过去地唱,你一定也听到了吧。你的爸爸经常进行他的爸爸胎教:"闺女闺女,爸爸和你说话呢……"别看他平日粗枝大叶,现在贴着肚皮说那些细碎绵软的话时,那一脸的慈爱,妈妈总忍不住要笑。对了,你爸爸还请著名作家祁智叔叔把他创作的儿童读物——《芝麻开门》签名送给你。书的扉页上赠言曰:

天启小小友:

从现在开始,一点点地长大,直到很大!祝福你呀!

赠言包含了美好祝愿,相信你将来一定能领悟!

孩子,还有一件事,爸爸妈妈没有与你商量就为你取名:天启。不知你将来是否满意。天,在爸爸妈妈心目中是孕育智慧的最终本源,希望你的心灵能融入浩渺无垠的宇宙时空,获得"天启",从而上通天宇,下达人性。希望日后你能为高扬自然生命精神和人性生命精神的和谐而努力,为建造人类真、善、美的精神家园而奋斗一生。

孩子,爸爸妈妈不想,也不可能把整个世界都给你,但爸爸妈妈会把所有的爱都给你,也会让你学会爱这个世界。

亲亲麦子

父　亲

　　一生在天然纯粹的阳光雨露里生息劳作的父亲是善良的慈祥的宽厚的,但他的性格中也不乏人性的弱点。

　　我们父女第一次谋面时,父亲便不免有小小的失望。尽管他不希望我是个女孩,但看到用自己的骨血塑成的活泼泼鲜嫩嫩的生命,他还是惊喜地笑了,抱着我,乐意与我成就父女之实,心想:来个女儿也不错。

　　我对父亲的记忆开始于那一片辽阔的田野。清晨,阳光洒满了乡野的角角落落,那耀眼的光芒落在草尖上,似乎要压弯了草尖。庄稼和草尖上的露珠晶莹剔透如闪光的宝石。父亲带着我和牛一起下地。我的头放在阳光里,手放在风里,脚放在草地上,目不转睛地看着父亲犁地,一片片金黄的阳光被犁翻起来的土埋进田里。父亲挥动鞭子跟着牛儿在地里一圈一圈地犁着,嘴里哼唱着我听不懂或许牛儿能听懂的小调。那份恬然自得让我深刻地体会到了"田园牧歌"一词的真正含义。犁完地,父亲用锹敲打土疙瘩,一锹下去,那些土疙瘩就粉身碎骨了。我在沟埂上和牛儿一起寻找肥美的水草。我贪婪地嗅着青草被牛儿咬断后散发出来的清香,那是大地的体香。我聆听着风过稼禾后窸窸窣窣的碎语,那是大地的鼾声。父亲唤我:"香儿,回家了。"我便牵着牛走向父亲。父亲看着饱鼓鼓的牛肚子,满意地笑了。

盛满幸福的篮子

　　我与父亲第一次争吵发生在一个中秋节的晚上。那晚,月光满盈盈地朗照着,院子里藻荇满地。我和母亲一边做饭一边唠叨些琐事。谈到了未来,父亲对品学兼优的我却是失望的。父亲说女孩子再聪明也不能当官,不能挣大钱,有什么用?!(父亲不懂什么叫作女干部,或许是他清醒地看到我当不了女干部)父亲是务实的,而我却选择了写作——这种务虚。父亲不懂务虚,更瞧不起务虚。他认为读再多的书写再多的文章,如果不能挣钱,那也是白搭。我说金钱并不能买到幸福,父亲更生气了,大斥:"你懂什么?!不管白猫黑猫抓到老鼠就是好猫,有钱能使鬼推磨,有钱就能买到幸福。"我看不起金钱至上的父亲,流露出对他的不屑。我顶撞他:"你就知道钱,除了钱你还知道什么?"此时,一向温和的父亲眼睛喷出了火:"我不给你钱,你能去念书吗?"我说不出反驳父亲的话,又坚定地认为自己的想法是正确的,委屈地哭了。母亲斥责父亲:"吵什么,孩子只是说说罢了。"父亲叹了口气,沉默不语。两个妹妹开心地吃着月饼,讨论着月亮上有什么。父亲放完了鞭炮,又恢复了一贯的温和,招呼我吃饭。但是,我已经品味不到月饼的香甜了。父亲和大多数人一样,认为活着最重要的就是谋取现实的利益,活得更好。而我却固执地认为人生不只是为了享乐,而是一种担当。人不仅要承受命运施予自身的重压,而且要分担自身之外的全人类的命运和人世间的苦难,在发自内心的苦难承担中,感受到心灵的崇高幸福。

　　父亲和我的矛盾在我恋爱时进一步激化,父亲的择婚标准和我的择偶观念大相径庭。我与父亲的分歧以没有结果而告终。后来,父亲见我年岁渐长,索性不再管我的事了。他说:"你自己看着办吧。"我最终遇到了现在的爱人——一介穷书生,父亲显然不大乐意,但也不再阻挠了。我们在亲友的祝福声中走进了婚姻的殿堂。我结婚那天,父亲的心情是明媚的。他在人群中忙碌着,安排亲友入席,递烟糖,接送

亲亲麦子

来往的客人。他的脸上始终挂着微笑。临别时,在上彩车的一刹那,我想到了父亲。我的目光在人群中搜索着,围着院子转了三圈后,才发现父亲手握铁锨弯腰撅臀忙着填平一小段坑坑洼洼的土路,那是彩车的必经之道。凝视着父亲额上渗出的细细密密的汗珠,我的心一颤,两行热泪流了下来。

往事如昨,历历在目。散漫的记忆碎片,从心底缓缓飘来,关于父亲的文字是永远写不完的。

流年里的光和影

绿

我如武陵渔人误入这一片绿色的海。

两棵枝叶交叠、亭亭如盖的香樟树把守路口。虚虚实实的香气牵引我沿着瘦长曲折、古朴雅致的石板路前行。极目远眺,里面赫然藏着蓊蓊郁郁、遮天蔽日的古老的大森林。这是一个秀色天然、风景绝佳的森林公园,叫出名字的叫不出名字的数不清的树木向我挤压过来。每株树都尽性尽情地舒枝展叶,一张张,一片片,光滑油亮,翠绿如洗。叶片蓬蓬勃勃、葱葱郁郁恣意地绿着,我从未见过这么多种的绿汇聚在一起。晨曦映衬出绿的层次,幻化出淡绿、深绿、青绿、黄绿、墨绿的微妙色感。如此浓密,又如此层次分明。

优游其间,这些毫无间隙的绿向我涌来,令我屏息凝神,甚至有瞬间的眩晕。伸手,可掬一捧凝结的绿;旋身,是簇簇流转的绿;呼吸,是缕缕馨香的绿;舒怀,是满满一怀深深浅浅的绿。这绿哟绿得缠绵、热烈,绿得惹人爱怜。我放轻放缓脚步,怕惊扰一场绿梦。聆听绿的心语,我与绿对话,耳膜挤满了绿的搏动。有绿浸入我的肌肤毛孔,有绿渗出我的体外。我的眉眼唇齿变成了绿色,思绪想必也是绿色的了。接受这绿的洗礼,身心清爽至极。

入林越深,树林越茂密幽深。藤蔓扭绞缠绕树冠,有树从头至脚穿上了苔藓衣,绿上生绿,野趣盎然。我用心灵的耳朵谛听,深邃幽静的绿叶丛中鸟洒乐音,路畔溪涧传来涓涓的泉水声,再配上绿叶的簌簌低语,仿佛是在演奏一曲悠扬的交响乐。这神曲仙乐融进悠悠的绿之中,张扬着一株又一株绿的生灵。风儿碰醒了一叶绿梦,轻轻一旋,晨露散落如宋词中的哀叹,一滴一句,一句一滴,令我怦然心动。

伫立在万绿丛中,一阵阵草木的郁香,尤其是香樟树的芬芳扑面而来。莫非这高大葳蕤的古树吞天地之精气,吸日月之精华,修炼成花的魂魄花的精灵。它散发的特有的体香穿透了整座城市空间,令我心醉神迷。我如司马相如所言:"缥呼忽忽,惹神仙之仿佛。"合上双目,我不敢相信眼前的现实,世间竟有这般美好的树林,这般醉人的绿。亦梦亦幻,我跌落在一个绿的深渊,置身闲寂的人间仙境,采摘一片又一片被绿叶泡透的静,采撷一支又一支绿色的歌。

丝 桐 琴 韵

梧桐是一种通灵嘉木,它那丰腴的胸间藏着一张古琴。虽然最终有幸做琴的只是少数,但这并不影响每一株梧桐的心灵中都蕴藏着音乐的精魂。

梧桐外表粗枝大叶,内里雅致灵秀。天赋的音韵质地和容纳万籁的情怀,造就了制琴的奇才。春风起了,梧桐忙着萌新的芽,吐绿的叶,忙了整整一个春天。夏天,梧桐长得枝繁叶茂,荫翳交叠,亭亭如盖。在这个日益浮躁的时代,对生命的热爱,对生活的感恩,对理想的执着,似乎已被一些年轻人所不屑。明眸皓齿的青年人,心灵早已粗糙苍老。而历经沧桑的梧桐年年岁岁昂首挺立,那种披翠挂绿的壮观,那份无言的高贵,无法与人言说。梧桐在世道沧桑中沉潜磨砺,长得气象峥嵘。它枝条矫健,叶柄弹挺,叶片宽阔而又富有质感。劲风袭来,一树的叶子骤然欸起缓落,如庭中歌舞。这是梧桐丰姿最为卓绝的时候。清风徐来,婀娜摇曳,枝枝叶叶含有万般柔情。柔缓则清幽,强劲则昂扬,这正是音乐的韵律。

梧桐营造了古诗词的意境。宽阔的叶子就是为雨水而生。春雨如千丝银线,悄悄落下,为绒伞般的树冠罩上了一层轻纱,朦胧静美,婉约轻柔。夏雨如万串珠子,哗哗泻落,撒在绿盘子里,叶隙间迸溅出嗒嗒声,激烈豪放。秋雨嘀嘀嗒嗒,沉郁缠绵。梧桐更兼细雨,点点滴滴,写的就是此番景致。千般妙韵,万种音响,熏陶了梧桐的音乐素养。

月下的梧桐最美。一镜皓月,悬在梧桐凌空的枝丫上方,月华如水般泻在枝叶上,闪着幽幽的绿光。这时的梧桐酷似广寒宫里的景物。簌簌的风拂过枝叶,此起彼伏吱吱的虫吟,啁啾啾啾的鸟鸣……各种声音糅合在一起,像一个细眼儿的筛子,筛掉了尘嚣嘈杂,更皴染了梧桐清幽的梦境。《高山流水》的音韵,应该就是在这样的梦境中孕育而出的吧。俞伯牙端坐抚琴,琴声如水般从十指间流淌出来,高昂而激越。钟子期闭目倾听,赞曰:"善哉,峨峨兮若泰山!"伯牙琴声一转,柔和悠扬。子期复曰:"善哉!洋洋兮若江河。"两个身份迥然不同的人在琴声中不期而遇。生在不同的屋檐下,却活在同样的境界中,这就叫作知音。高山有梧桐,流水无知音。琴碎,音绝。那琴年轻时,便是一株梧桐树呀!当人的十指弹拨如雨,琴音如潺潺的流水清澈地舔舐耳膜时,那是树的另一种生命形式。人和树竟然如此相通!

四千年前的上古时代,中华民族的虞舜,在渔猎耕种之余,奏五弦之琴,歌南风之诗,与人们"尔乐乐,我乐乐,尔我同乐乐"。那该是一幅怎样动人的情景啊!舜弹的是最初的五弦琴,周文王、周武王复加二弦,成七弦,造就了中国历史上四大名琴:号钟、绕梁、绿绮、焦尾。因主人不同而命运各异。激越昂扬的号钟为俞伯牙觅得知音,终成齐桓公爱物;余音不绝的绕梁像历史上无数的美女一样无辜,因迷得楚庄王不理朝政而背上祸国之名;浪漫而多情的绿绮促成了司马相如与卓文君的美好姻缘,传为千古佳话;焦尾悲壮而又幸运,被人当作一截桐木弃之烈火,即将爆裂恰被同样命运多舛的蔡邕抢救而出,在幸与不幸之中成就了一种琴体生命。

我望梧桐,梧桐望我。蓝天若水,绿叶如鱼。我听见有宫商角徵羽的音响,一阵阵穿越梧桐,奏出丝桐琴韵。

碧 水 清 荷

荷是一种有人性有灵性的植物。如雁排长空,鱼翔浅底,驼走沙漠,荷与碧水结不解之缘。荷涟漪了整个夏季,我曾不止一次邂逅一泓碧水清荷。今夜,在如水的月华下,我在书桌上铺开绿色的稿纸,如同摊开一湖碧水。那荷则以一首诗的形状开在纸上,花蕊便成了诗眼。

我闯入那一片碧水,那一片清荷。瞬间,我惊住了,像是意外中扑进一幅巨大的画卷,失去了中心与方向。我的眼前,荷花开在碧水上,碧水开在大地上。碧水潾潾,有上好的丝绸质地。那水的绿哟,绿得蓬勃,绿得纯正,绿得深湛,绿得温柔,绿得恬雅,绿得醉人。绿锦缎似的水面上,起伏着一层微微的涟漪,像是尚未凝固的玻璃浆液。水面上绿叶阔大如玉盘,托着嫣红娇白两色荷花。瘦长的腰身娉娉婷婷,在风中款摆,韵致绝佳。红荷穿破碧波,擎着炽烈的火焰,迎风弄姿,笑靥迎人。白荷冰肌玉肤,素巾缟袂,一派清远的标格与风神。硕大厚实杯盏形的花朵,半舒着鲛绡似的瓣,中心探出嫩黄纤细的蕊丝儿,吐露着荷的语言,荷的芬芳,香气盘桓,久久不肯逸去。

荷的身上不曾沾染一星尘埃。碧波有幸,能照它的影;鱼儿有幸,能吻它的足。蜻蜓被它的眼神吸引,亲它颊边漾着粉色笑靥的小酒窝。我站在时间与空间之外,心随目远,眸光翩翩,在荷与荷间往返如蝶。每朵荷都仰着脸，专注而矜持，每张脸谱都不重复。它们拒绝抄袭和雷同，它们是艺术，是大自然的杰作。偶尔微风来访，举起一张张阔大圆滑的绿叶，漾起无边的清凉。满湖的碧羽扇扇得我六根无汗，七孔生风。那摇曳着交叠着的红、白、绿，荡漾起袅袅的更加动人魂魄的娇媚。光与色在融化，在喋喋。嫣红、娇白、碧绿斑斓一片，染满我的心壁。立在荷塘草岸，凝神相望，眸动念转。瞬间，踏我履者是荷，亭亭临风者是我。岸上水中，不复可分，我与碧水清荷融为一体，轻轻摇曳，立在恬美的辉光里，立成了一阕残唐五代词。

身外的风景与心内的风景总是遥相呼应。欣赏自然景物就是欣赏艺术人生。荷早在两千多年前的《诗经》中就嫣然开放了："山有扶苏，隰有荷华。""彼泽之陂，有蒲与荷。"它们穿越秦时月、唐时风，宋时雨携手而来，亭亭净植于诗文中。屈原有"集芙蓉以为赏"的高洁追求。李白有"清水出芙蓉"的审美观。周敦颐借荷喻人，讴歌"出淤泥而不染"的高尚情操。杨万里留下了"映日荷花别样红"的绝妙佳句。张潮在《幽梦影》里说："凡花色之娇媚者多不甚香，瓣之千居者多不结实。甚矣，全才之难了。兼之者，其惟莲乎？"文人墨客为后人留下了荷的清香，提炼出了荷的高洁品格与精神。

在馥郁的荷的气息中，我渐静、渐净，如醍醐灌顶，心扉突然洞开，尘思俗虑洗出去，心静静空出来。其人也淡，人淡如荷；其气也清，清若碧水。

碧水清荷如一帧写意水墨画，夹在我灵魂的扉页里。它以菩提树的身影摇曳出我心中的清凉。它似晨钟暮鼓，击出清风竹韵。它用圣洁之水涤净尘间的污浊。

碧水清荷，植根于每一颗钟爱荷的心灵，滋润着芸芸众生……

柳是奇女子

　　柳,这种植物被赋予浓厚的女性色彩。"舞低杨柳楼心月,歌尽桃花扇底风。"柳枝轻柔细长,姿态婆娑动人,使人联想到女子的腰肢。"芙蓉如面柳如眉",是说女子的眉毛细长秀美,像初生的柳叶。像柳树一样的女子是妩媚的,像女子一样秀美的柳树是迷人的。

　　柳树的婆娑姿态与轻盈的绿波最为相称。西湖畔有柳,名湖与名柳相得益彰。苏堤白堤柳树列成长阵,静静地立着,透体通散着清新的调子。纤细柔软的绿色枝条,与绿绸缎般的湖面相映成趣。轻风拂来,柳树曼妙飘洒,作出种种身段。如果有来世,我愿做西湖畔的一株柳——自然是垂柳。细长柔软的柳枝婆娑委地,或者轻吻湖面。挽系一只画舫,听一两个长裙曳地的绝色女子吹奏着清丽的箫的韵律,追逐江南丝雨的缠绵。湖水里有我的影子,并非顾影自怜,而是抒写自己的心事与心情。湖水荡漾的涟漪是一缕缕湿润的诗行。

　　并非所有的柳树都有幸与碧波相伴。柳和人一样,无法选择自己的出生地。生于逆境,苦难伴随一生,苦难磨砺出了它们不屈不挠的品格。恶劣的自然环境却造就了光辉的生命形态。陕北高原上耸立着沙柳,它们稳稳地扎根于沙砾中,身材粗壮威武,树冠向上。张开的枝丫,宛若伸向高空的利爪,在作无声的呐喊,昭示抗击风沙的意志。仰望它们,仰慕之心油然而生,头脑中产生高贵、智慧、伟大这些闪光的字眼。在哈密,还有一些幸存下来的百年老柳。它们都挂牌编号,就像别着勋章一样,代表着特殊的美誉。这些柳树是左宗棠栽植的。它们就是大名鼎鼎的"左公柳"。从这些柳树的神态雄姿上,依然能找到左公当年的神韵,感受到一代大家的风范。

家乡的路口守候着一株柳树。它独立而处,不与其他树木为伍。它体态优美,粗壮的树干匀称秀直,翠绿嫩绿相间的枝叶,繁密可人。只要从它身旁走过,我总要深情地凝视片刻,一股无法言传的清爽气息向我辐射过来,我的思绪立刻如出水芙蓉,清新活泼了起来。我在心底里认它做了朋友。它曾经无数次拽住行人的脚步,与它相识的人总被它那高雅的气质所震慑。走上前去,绕树三匝,人们总会为它秀直的躯干而赞叹,为它婆娑的枝叶而颔首。惊叹好一株奇柳!骄阳下它为人们撑起一片绿阴,细雨中它为人们举起一把巨伞。村民们在它的庇护下用餐、休息、聊天……

柳是极富画意与诗情的。柳用自己的人生美化大地上的风景,丰富着人们的情感。柳树是古诗文里绝美的意象,文人墨客赞美柳树报春。唐代诗人元稹云:"春生柳眼中。"李白道:"寒雪梅中尽,春风柳上归。"谢灵运更是直接明快:"池塘生春草,园柳变鸣禽。"充满智慧的先辈因"柳"与"留"谐音,便用折柳相送表达真挚的情感。李商隐有诗云:"含烟若雾每依依,万绪千条拂落晖。为报行人休尽折,半留相送半迎归。"唐代诗人王维的《渭城曲》最是让人断肠销魂:"渭城朝雨浥轻尘,客舍青青柳色新。劝君更尽一杯酒,西出阳关无故人。"多么凝重隽永的笔调,多么真诚炽热的深情,千百年来令人一唱三叹,被人们誉为阳关三叠千古绝唱。

"春无柳色不精神。"绿衣佳丽长袖善舞是江南烟雨之柳的精神;英勇无畏坚韧质朴是陕北沙漠之柳的精神。柳是刚柔相济的奇女子。

那一片芦苇

撩起柳帘,隔湖相望,便是盈目的绿绿秀苇了。纤纤芦苇,亭亭玉立,倩影婆娑,如衣香鬓影的女子涉水而来,从古代的《诗经》中。

抬望眼,湛蓝的天幕下,盈盈的绿水连着青翠的苇岸,芦苇连着芦苇,一致的思维,一致的味感,一致的碧绿。绿得热烈,绿得逼人,绿得让人无法拒绝。大片的芦苇形成了浮在空中的绿云,以生命的光彩与荒寂相抗衡。这是一个孤傲而强大的群体在尽情地绽放生命的绿色,彰显生命的勃勃生机。

行进在碧绿的芦苇的屏障中,青翠秀美的百褶裙般的枝枝叶叶似一双双张开的玉臂待人拥抱。阳光从叶隙间筛下,层层绿中透出油光光的色调。闪耀着的光斑,烁烁颤颤,迷迷幻幻,如无数颗华丽的金钻。徐风之中,秀眉般的苇叶相互摩挲,发出的沙沙声此起彼伏,似缠绵的小夜曲低吟浅唱。处处荡漾着撼人心灵的气息,时时氤氲着朦胧温馨的情调。

芦苇植根于中国文艺史的沃土里,静静地站着,从上古时代一直站到今天。它所栖居的野湖幽水,原本就是寂寞所在,更兼风摇雷击,险象环生。而它临水而栖,独守一份清苦,一份幽静,一份自乐,随意而散逸。它拒绝任何杂物的烘托,舍去赘饰和矫饰,抛弃那些繁缛琐碎大大小小形形色色的身外之物。它什么也没做,只是尽情尽兴地生长自己,创造生命。在野水之湄,在远离尘世的富贵和奢华的境地,在某种素朴洁净更加心灵化的创造和获得之中,我想芦苇一准与我一样,更趋于原始的单纯和清淡。

芦苇的心灵藏在叶子里,叶子是芦苇的眼睛。芦苇用它望着四季轮回,望着世间万象,望着风雨晨霜日升日落。苇叶与我对视,我的举手投足在苇叶无言的包围中。我们共同的语言浓缩成凝固的沉默。我的心田漫过古今中外关于阳光野地的清苦的诗歌和宁静的绘画。神思恍惚间,似乎有思想的跫音从苇顶掠过。

芦苇是幸福而知足的。它们拥有风的爱抚,阳光的温暖,雨露的滋润,沿根须缓缓上升的泥土和水的滋养。不知不觉中,它们得到了爱。这种爱的表达方式是随意而平常的。它们以集体的方式创造着大片的绿色的辉煌,散发出美丽的迷人的情致来回报这种爱,这种回报是顺理成章的。那些在金钱美丽的锈色之中陶醉的人们是无法感知也无意感知这种本源的谐和与亲近的。

芦苇是纤瘦的、清苦的,你甚至可以认为它们是可怜兮兮的。但它们又是幸福的、坚韧的、富有的。当那些有着清苦而坚韧的根基的人们,以炽热的赤诚喷发着金子般的对生命的酷爱,以颤栗的激情执着地追寻生命的价值时,他们的心灵与芦苇有什么区别呢?!

在生命的词典里,清苦与坚韧是两个特别的熠熠生辉的词汇。

玉　想

玉是美丽起来的石头。我曾随手录下《说文解字》中关于玉的注解："玉,石之美者,有五德:润泽以温,仁之方也;腮理自外,可以知中,义之方也;其声舒扬,专以远闻,智之方也;不挠不折,勇之方也;锐廉而不忮,洁之方也。"我一向不喜欢钻石,却悄悄地喜欢上了玉。金银有价,而玉无价。钻石可以一克拉一克拉计算,照价付款,而玉像爱情,全凭你对所爱的人痴迷的程度。诚然,玉的大小、缜密、莹润、硬度、色泽以及做工皆可探讨,但这些就像女子的嫁妆一样可有可无,论到最后关头只剩下"喜欢"二字。而喜欢是无价的。玉像文学,为什么喜欢它以及为什么不喜欢它,个中原因自己也弄不明白。

在古人心目中,玉象征纯洁、高雅和温和。《诗经》云:"主念君子,温其如玉。"玉为人所尊重,大约与五千余载华夏文明熏陶的国人温文尔雅的性情息息相关。我爱极了玉的温润莹洁、含蓄雅致。如果生在古代,我必然会腰系玉坠,胸戴玉佩,把我的一切杂念与烦忧,纠缠盘结成千回百绕的流苏。我漫步于亭阁长廊,静静地栖于一处,聆听玉石锵然碰击发出轻轻的有节奏的鸣响。

中国的女子天生适合佩玉。玉如春和景明的温婉女子,女子以玉传达内心。玉与女子的关系是叠印互文相得益彰的。玉镯、玉佩成为了众多女子身体的延伸,绚烂着人们的目光。佩玉的女子有着说不尽的宋词的婉约，道不尽的古典的风情。佩玉的人总相信玉是活的，他们常说："玉要戴，戴戴就活起来了。"这大概是爱玉者的传说臆想。也许数十数百上千年的肌肤相亲，真可以使玉有了血脉和呼吸，和爱它的人们心相印息相通，同悲喜共忧乐。而玉在与肌肤的日夜相亲相随中变得更加细致更加柔润。

世间并没有百分之百的无瑕之玉。我的先生曾经送给我一只有斑点的玉镯，莹莹的剔透的白里面有凉沁沁的翠绿色舒缓地荡开。当初我执意要先生买下它，出于一个女子小小的侠气。世间能把瑕疵坦然相呈的人并不多见，凡是可以坦然相见的缺点都不应算缺点。完美无瑕的东西是神品，只供膜拜。玉之瑕痕亦有妙趣，有的斑痕像山岭逶迤，有的像孤帆独去，有的像秋水芦笛，有的像飞禽数点……局限成就了无限。站在女人的角度看，丈夫和孩子之所以可爱，正是他们那一个个无所掩饰的小缺点。倘若我与先生之间不能有一些可笑可嘲之事彼此打趣，我们的婚姻生活也会乏味空洞。完美是无法企求的。在现实的人生里，我只要有瑕的真玉而拒绝无瑕的伪玉。

我见过从玉石中脱颖而出的花鸟虫鱼，惟妙惟肖、栩栩如生。玉只适宜表达柔美湿润、细枝末节的事物，而铁马壮士之类冷冽豪放、粗枝大叶的形象只适宜在石头上深入浅出。

青山不老绿水长流，在千百年漫漶的时光中，吸收了山川之灵秀日月之精华和人之骨血的玉，千年之后依然莹秀而湿润，清声远扬、纹理斐然，如那轮悬于夜空中的明月永恒地散发着如水的清辉。

玉即人，所谓文明其实亦即由石入玉的历程，亦即由血肉之躯成为人类的史页。

炊烟是乡村的生命树

第一次接触到"人间烟火"这个词语,我一下子就想到了炊烟。有炊烟的地方就会有家园,而炊烟下面就是人间的幸福。我的故乡,男人们在田地里抒写清凉的田园诗,女人们在屋子里谱写温热的家园诗,炊烟便是那恒定的韵脚压在每一个日子的晨昏和腰间。

十三年前,我曾拥有过一缕炊烟。那是从一个农家灶屋顶上升起的炊烟。守住一缕香喷喷、温暖暖的炊烟就守住了一个幸福的家。炊烟是有味道的,炊烟的味道是家的味道。柴薪、稻草、秸秆、棉花棵子、碎谷壳子蒸腾起的炊烟中有泥土的芳香,草木的馨香,阳光的清香,男子汗水的淳香,女子汗水的幽香。母亲在炊烟中把平铺直叙的一日三餐调配得山高水长。她一头扎进灶房,点燃柴火,顷刻间灶房顶上蒸腾出簇簇炊烟。那炊烟升起飘游,扭着身子,旋着舞儿,袅袅娜娜蓬蓬勃勃地生长。只可惜它终究长不成蓊郁的枣树,至多结几朵淡淡的云,渐高渐远、渐渐地飘散了。有时几户人家不约而同生火做饭,飘浮着的炊烟并拢在统一高度,凝成一条乳白色的带状烟雾,不动声色地在房舍、枣树林上空缭绕,很轻,很柔。那个时辰,没有喧嚣,没有浮躁,俨然一派田园牧歌的意境。只有在这样的意境中,我的心才能真正静下来,那是一种难得的静谧与享受。

也许是炊烟看得多了,以至于那炊烟丝丝缕缕地飘进了我的身体里，凝成情感。每每看到袅袅炊烟便会想起母亲为我做饭的情景，生出一种难以言表的亲切感和对乡村生活的怀念。工作后，每隔几周我都会回家一趟。返乡途中，随着村庄和一缕缕的炊烟越来越近，我顿时有一种温暖踏实的感觉，心情会变得越来越好。一踏进家门，母亲就会急急地去拾柴生火，为我做饭。不一会儿，一缕温暖喷香的炊烟就会从我家的屋顶升起来。尔后，温热可口的饭菜便会盛上饭桌。离家时，我总会不断地回头，看一看，再看一看那远去的炊烟。日后想到母亲时，白发、端碗的手和房顶上的炊烟总会叠印在一起，在我的心海幻化。

多年来，故乡的炊烟以及涵润其中的那一份浓浓的亲情，一直丝丝缕缕地萦绕在我的心头。我是那炊烟凝结的云，植根于低矮的灶屋中。缘此，对于炊烟的那份情始终斩不断飘不散……

流年里的光和影

　　整理旧物翻出一沓旧照片。作家张爱玲说过:"相片这东西不过是生命的碎壳,纷纷的岁月已过去,瓜子仁一粒粒咽下去,滋味各人自己知道,留给大家看的唯有那满地狼藉的黑白瓜子壳。"但照片为我们记录下了如烟的往事片断,犹如一根丝线串联起似水流年。

　　在我珍藏的照片中,我十分珍惜十几年前的一张小学毕业照。那一张张稚气未脱的脸庞,那一颗颗对未来充满向往和想象的心灵,那一双双明亮而纯洁的眼睛,那一件件朴素得让人心酸的粗衣……这照片中蕴藏的是我如露珠般透明却又预示着无数可能性的童年。童年时代是人生最快乐的部分。童年的快乐来源于无穷无尽的游戏。校园操场上的游戏给我们带来的快乐远远胜于播撒智慧种粒的课堂。我们最爱的是一个摹仿古典战争的游戏,在空旷的操场上两拨人群进行对垒。对垒者轮流对唱,索要对方的某一个人。唱毕,就集体冲将过去进行掳掠。开始是优雅的宣战,一方领唱到"我们要一个人,我们要一个人";另一方领唱到"你们要什么人?你们要什么人";歌声落地,适可而止。鸣金收兵,穷寇莫追。我们在这个不知所云的游戏中狂热地"战争",乐此不疲。

　　另一张照片是我读中学时与几位同学合拍的纪念照。几张明媚的笑脸,背景是青翠的杨柳,清澈的溪水,以及从教室里传来的隐隐约

亲亲麦子

约的朗朗书声。这一切,构成了我人生历程一个最朴素最清纯的章节。那时,我们为了跳出农门,读书非常用功,伴着晨曦上学,在河边晨读。我们手捧着书,书页上洒满了阳光。我们在读书,我们也在读阳光,读我们的未来。那时,我们的心情特别好。我们相信有一个支点可以把地球撬起来。我们对未来充满了憧憬,青春的憧憬。那一种憧憬再也不会有了。毕业后各奔东西,我已无法想象昔日同窗现在的样子。抚摸这张照片,那一段激情飞越的时光,在我眼前闪过来、闪过去……

我珍藏的又一张照片,是一张三人合影。那是初登讲台时,与两位同乡文学爱好者的合影。我们坐在如茵的草地上,谈论着人生与文学,梦想着成为作家或诗人。我们手牵着手,目光深远,一副踌躇满志的样子。十年过去了,那两位已彻底放弃了文学梦。不久前,我接到其中一位打来的电话:"你还写东西吗?"在这个物欲横流的尘世,我没有理由责备两位弃文学而去的友人,但我终究是爱着文学的。我知道一旦我被日常生活裹挟,长久中断了写作,我的生活就成了一堆无意义的碎片。那样,我心灵的眼睛关闭着,灵魂昏睡着;我的日子被填得满满的,生命却是空空的;我的脑海被挤得满满的,心灵却是空空的。我无法忍受这样的生活。唯有保持着写作状态,我才感觉自己真正在生活。

静虑凝眸时,每一张照片都是一叶小舟,将我渡出遗忘之海,驶向往事的港湾。与童年时代照片上的我相比,现实中的我每一寸肌肤都已更新,每一分骨骼都已长大,每一根头发都曾脱落又萌发。但我深知,我的内心仍保持着一个婴儿、一个幼儿、一个少年的影子和情感。时间这一只看不见的手,总是让我们以一种告别的姿态,离开人生的每一个站台,童年、梦想、青春……似水流年,一去不复返。照片留存些许痕迹,让已逝的云烟在现实的屏幕重现婆娑的光和影。

珍　藏

　　清爽的风跟着阳光一起来到我的房间散步,用一双慈爱的手抚慰我心中的神灵。窗台上那一盆幽幽的兰花在阳光的恩赐下散发着清香。我把衣物和书籍拿到阳光下晾晒。我忽然想起那个灰色的箱子,那只箱子里盛放的是我的珍藏。

　　轻轻开启木箱,往事纷至沓来……几封书信安静地卧在箱底:有父亲写给我的家书,有恋人写给我的情书,有恩师对我的教诲……小字如蝇,字字有情,句句有理。这些信件曾经让我这个内心忧郁纤细的女孩避开各种锋刃,追求人生最本质的东西。箱子里珍藏着友人和恋人送给我的纪念物,诸如贺年卡、发夹、丝巾之类。最贵重的当属先生跑遍全城为我精挑细选的玉镯,莹秀温润,纹理斐然,清声远扬。仔细把玩,我想起了粗枝大叶的先生小心翼翼地为我佩戴它的情景。一张珍贵的老照片跃入我的眼帘。这是一张我童年时与父母的合影。两大一小的身影立在雪地里开心地笑着。我穿着鹅黄色的毛衣,青绿色的灯芯绒裤,像从雪地里冒出来的嫩芽。

　　我的书橱里珍藏着古典书籍。读书是蚕蜕,一年一年,一层一层的新旧更迭,正所谓吐故纳新。它喂养了旧日的我,又被今日的我抛弃,我的人生便是不断地被书喂养,又不断地抛弃它的过程。旧书被我清理了许多,总有一些旧情难了,恩意不绝,流进我的血脉与我的生命不可分割。如先秦诸子的散文、唐诗宋词、二十五史之类的经典著作。它们被我珍重留下来,藏在书橱里。它们就像一围巨大的树阴,后人皆能从中得到荫泽;又如一座财宏气盛的银行,众生捉襟见肘时就难免向它借贷。抚摸这些经典书籍厚实的脊梁,我能够感受到它们撑起时代的魄力。它们有足够的力量和光芒穿越漫漶的岁月,照亮深邃的时光隧道,抚慰人类的精神与灵魂。

我们之所以会珍藏至亲至爱者留给我们的东西,并不是物件本身有昂贵的价值,而是因着对至亲至爱者发自肺腑的爱恋。亲情、友情、爱情,皆是让人沉醉的人间至情。真正值得我们珍藏的并不是书籍的躯壳,而是古籍中蕴含的文化的内核。倘若众生皆能珍藏人性中的善良、纯真和博爱,这个急功近利的世界会变成美好的人间。

世间值得珍藏的东西极多。一个人的经历越丰富,值得他珍藏的情感和事物就会越多。一个善意的微笑,一次倾心的交谈,一次宽容的谅解,一次危难中的救助,乃至于一次旅行中所见到的奇花异草、珍禽异兽,都值得我们珍藏。我写作此文的时候,天朗气清,南窗之外,花木扶疏,映入眼帘,永远珍藏进我的文字里。

珍藏是往事碎片的黏合剂,是点燃情感之火的助燃剂,是寻溯生命本质的最可靠的向导。珍藏填补了记忆的空白。珍藏单个地看是零碎的,但吉光片羽弥足珍贵。许多碎片的排列,不经意间就会勾勒出生命的大致轮廓。在年龄外貌这些生理维度之外,珍藏是今生今世的证据,以另一种方式框定了人生。

桥

  弯弯曲曲潺潺湲湲的是水,高高低低错错落落的是桥。有水总会有桥,桥永远是水最死心踏地的厮守者。桥横在山之陬,水之滨,卧在北国苍茫的风雪中、江南的杏花烟雨里。我见过石拱的木架的藤编的桥,简洁、纯朴、玲珑、敦厚永远是桥的品格。桥的作用相仿,都是渡我们去彼岸。桥就那么简简单单飘逸出尘地一横,跨越了无数危崖峭壁激流险滩,于茫茫岁月中给向着遥远彼岸的行路人带来希望和信心。

  家乡的桥如古琴的一根粗弦,在河上朝朝暮暮弹响。桥生命的乐章,伴着河水的拍击和行人的步音弥漫开来。家乡的桥没有诗文留存,不知浓妆淡抹。在清清淡淡的日子里,小桥沉静、淡定、从容,与世无争。乡野之桥卧在鸡鸣犬吠虫吟蝶唱中,是一种闲适和静远。村中人戴着斗笠身着蓑衣,跨过小桥去乡野种豆、插秧。带月荷锄归,在桥下清且浅的溪水里濯足,洗去躬耕的汗尘和疲惫。童年时代,我爱在小桥上徘徊踱步,望雁南飞,目送归鸿,看夕阳西下,听渔舟唱晚,间或欣赏在水草里流淌的桥的倒影。返乡途经此桥,桥如一双眼眸,拂去了岁月的风尘,闪亮亮地夹在乡村岁月中,静静地和我互望。乡野之桥甘愿做一名虔诚的守望者。

  世间之物不以大小传名,桥亦如此。一些庞然大物转眼就灰飞烟灭,桥却可以永恒。苏州的枫桥、西安的灞桥、赵县的安济桥,皆为方

亲亲麦子

寸桥梁,却铸入唐诗宋词元曲而流芳百世。诗人们把梦想、欢乐、忧愁投向了桥,桥就风姿绰约风情万种,成为世间一道亮丽的风景。南来北往的诗人加入了桥的风景中,桥的价值就不可避免地被提升,不可避免地进入文字,进入画框,进入音像,成为历史的装饰品,从而诗意化、永恒化。

桥是一道绝美的风景,桥以古诗的形式把人世沧桑浅唱低吟。自古以来,桥是折柳送别的最佳所在。在那细雨霏霏烟笼柳林的渭城早春,唐代大诗人王摩诘立在灞桥头与友人依依惜别:"劝君更尽一杯酒,西出阳关无故人。"这似海深情令百代之下的众生仰慕不已。桥头自然也少不了行行复行行、徘徊复徘徊的恋人的倩影。杭州西子湖畔,白娘子与许仙这一对恩爱夫妻好事多磨,他们历尽生生死死、死死生生的波折重逢断桥边,执手相看泪眼,怎一个"情"字了得。历经人生坎坷的张继借枫桥安置一己的孤寂和苦闷。马致远的"枯藤老树昏鸦,小桥流水人家",更是道尽了天涯游子的凄苦情怀。小桥演译了几多缠绵悱恻凄切幽婉的人生故事!

桥看得多了容易引人遐思,那不再是简简单单的桥,而是岁月世事的缩影。桥走得多了,鞋跟上会粘上一种称作思乡的忧伤。

水可枯,石可烂,桥的心却千年不变。桥卧在岁月之河上诉说着人生的底蕴。

个园竹韵

　　个园其名甚"个"。园主人性爱竹,因其"月映竹成千个字","个"乃"竹之一枝"而得名。竹站在扬州最为妥帖,竹站在名字寓有竹影的个园就站成了郑板桥的画。

　　初入园中,但见翠竹丛丛,亭亭玉立,枝叶婆娑,令人耳目一新。劲刚竹凌云挺然,劲拔有致;黄竹节疏干直,刚中带柔;湘妃竹摇曳娇柔的竹身,细长的竹叶,如身姿匀称的秀美女子;"孝顺"竹葳蕤嫩绿,成簇成丛地生长,新老竹子错落有致地交织在一起,俨然就是一个亲密无间的大家庭。我最爱的是娇柔似水女儿性情的凤尾竹,翩翩凤羽如碧玉般清润碧鲜,款款摇曳如玉凤翩翩献舞。那风姿绰约的影子在地面勾画水墨写意。我想折一枝作箫,可心可意地吹奏。风过处,一竹应,众竹皆应,清爽的簌簌声重重叠叠,如诉如泣,仿佛神秘悠远的江南丝竹,裹着万般柔情在空中回旋上升。这样的乐音,人类的乐器永远无法模仿。竹在盛夏的天空中轻歌曼舞。竹梢顶端绿叶交抱相叠,构成绿色的林冠。阳光浅浅地泼下,透过浓密的竹冠缝隙筛落下来,使林内绿色变幻万千,展现生命内在的张力。薄暮时分的烟霞弥漫于林间,化为诗情,化为画境。

　　我若一尾鱼儿,沿着小径管自游向竹林深处。我沉入绿海,呼吸着湿润而甘美的竹绿气息。绿色的氧气源源地输入我的肺叶,流向四

亲亲麦子

肢百骸,流向周身的每一条血脉。

个园的竹是可以入诗入画的,我从个园的竹上发现了郑板桥的画。郑板桥有题画诗云:"衙斋卧听萧萧竹,疑是民间疾苦声;些小吾曹州县吏,一枝一叶总关情。"竹子身上打着气节风骨的精神烙印。清代诗人曾崇德以竹叶为像,取竹不凋之意,构成了一幅诗画合一,别有韵味的图画诗。远看是三棵竹子,近看却是一首五言诗:"不谢东篁意,丹青独自名。莫嫌孤叶淡,终久不凋零。"字里行间,流露出诗人高风亮节的情怀。

个园的竹,且借我一枝一叶。我想蓬勃成青竹一竿,站在姜夔手书的"淮左名都,竹西佳处",横斜摇曳成板桥画境。

西 湖 三 题

月夜西湖

月夜西湖是古诗词里绝美的意象。

今夜,我与南来的白云,北往的雾与西湖有约。仍是唐时的那轮妙月吧,正初升于湖心,水月相映,空蒙一片,宛如旧时一枚月形书签被衔在薄绢中。月从高空完成跳水的动作,沉落湖底。湖面闪烁着黑釉陶似的深沉的幽光。月华轻泻,把四周的景物渲染得格外静美、柔和、了无纤尘。白堤、苏堤、断桥、花木,全都穿上了洁白的轻纱,恰似一幅淡淡的水墨写意,虚虚实实,朦胧恍惚,比白日更添几份神韵。

踏着月色静静地走着,时而笼罩在树影里,时而沐浴在月华下,仿佛置身于琼楼玉宇之中,顿生羽化登仙之感。徐徐轻风中,依稀有花香滑过鼻翼。那香味儿经过月华的过滤,纯净而湿润。

我怕踩碎了月光,踏破了花影,轻轻移步,至中山公园与三潭映月之间的小岛上。小岛犹如一朵莲花开在湖面,岛心的亭就是花之蕊。我坐定于花蕊之上,轻盈如蝶,就这么定定地看着西湖,心里不禁一次又一次被深深地震慑和感动。我分不清眼前是粼粼波光在闪耀,还是一湖月色在涌动,隐隐约约,似乎听见月与湖淡淡地讲述着很爽人的情话,唲唲私语情意绵长。

月下西湖,安然恬静如深藏闺阁的典雅淑女。我为西湖守夜,西湖睡得很沉实。水波轻微晃荡两下,那是西湖变换了一下姿态。袅袅轻风梳理的柳岸,是西湖的秀发;停泊的船儿,是西湖摆放的绣鞋;长长的堤岸,是西湖纤美的飘带。俏立枝头的花朵散发的香气正氤氲着西湖的梦境,那梦想必定也是五彩斑斓的吧。西湖,谛听你轻缓的脉息,端详你媚人的睡态,我真想揽你入怀。

西湖是一本绵长而柔韧的线装书。东坡写就的一阕词就活在这本书里,横贯历史。"月如镜新磨,山复整妆,湖复颊面……"明张岱在《西湖七月半》里浅斟低唱,直至东方将白。林纾沿白堤登断桥,见"月中湖水纯碧,夜景澄澈",欣然提笔袭东坡写下赤壁之续《湖心泛月记》。俞平伯在《西湖的六月十八夜》一文中写道:"中霄月华的皎洁,是难于言说的。湖心悄且冷,四岸浮动着歌声人语,灯火的微茫,合拢来却晕成一个繁热的光圈儿裹着它……"

明月何皎皎?古人何灼灼?站在月华依依的湖边,人与蓝天、碧水、明月融为一体。凡尘俗世的烦忧亦融入月色沉入湖底,唯有西湖在月色中的倩影在心头久久荡漾。

"西湖,我会再来。"我会学那张宗子纵舟酣睡于十里荷香之中,枕着荷红叶绿花香入眠。

西 湖 梦

梭罗在《瓦尔登湖》里说:"一个湖,是风景中最美丽,最有表情的景色,望着它的人,可以量出自己天性的深浅。"景是众人同,情乃各人领。于西湖,我领到一个梦。

背着一身俗骨来见西湖,掬水浇面,裙裾斜进水里,一股清气逼走体内的浊气。我看湖,湖亦看我。看着看着,人就痴了,千骸百骨就在虚无中化去。我走进了梦境,环湖依水筑屋而居,梅夫鹤子,柳下读经,钓山岚,濯足雾,竖箫横笛,随性所至。湖边何事,松花酿酒,春水煮茶。拾一裙松针,垒石煮水,落花为香茗,百合做杯盏,星月是茶点。我空旷着一颗心,无物不容无事不纳,掬水月在手,弄花香满衣,醒时一烛一卷一花盏,眠时一枕叶绿花香虫鸣。

一日,淡墨轻衫出门去,迎面有青衫名士翩翩而来,长身玉立,羽扇纶巾。一阵经史子集浸润多年的墨香拂过,回眸处,那不是逸出尘外拈花扫月的林和靖又是谁?!行至虚掩的柴门前,推门而入,内有二人对弈,触目十分眼熟,分明是东坡和白居易。他俩峨冠博带,手捋长髯,一身仙风道骨。几上,散着墨香的是诗文,透着逸气的是禅画。古琴飘来散珠碎玉声,梵音袅袅如神曲仙乐。点上线香,沏上氤氲的松子茶,三人对坐,清淡高论。古人说,品茶"一人得神,二人得趣,三人得味"。此刻,茶香,炷香,心香糅成一片,当是醉茶了。

我从神游的幻境中醒来,想起余秋雨教授的"西湖没有文人本来也不太要紧,却少了一种韵味,少了一种风情,就像一所庙宇没有晨钟暮鼓,就像一位少女没有顾盼的眼神。没有文人,西湖也在,却不会有诗情画意,不会有人文意义"。西湖是一个鸿儒云集,灵性饱和的圣湖。景观写入文章,文章化为景观。文化与自然互相生成,人文景观赋予西湖鲜活、立体的生命。

踩着文化和文人的脚印走进西湖,走进一个梦。西湖有张岱的梦,也有我的梦。

湖畔行吟

西湖是挂在杭州胸前的一块玉佩。西湖很美。

行至湖畔,晨曦斜斜地普照着,将西湖半晦半明地写意出来。

溶溶春水,娇娇莺啼,栖霞岭上云蒸雾绕,深邃浩渺;湖面波光粼粼;堤岸绿树成行,柳丝多情地吻着湖面;各色花卉灿若云霞。空气里氤氲着芬芳的气息。邂逅西湖,连东坡这般雄健豪放的诗人,竟也柔情似水，像是与情窦初开的少女絮语，献上倾心的恋歌："欲把西湖比西子，淡妆浓抹总相宜。"

漫步湖畔，游人如织。身体享受着精致的首饰、前卫的衣裙、倜傥的西装的红男绿女扶幼携侣，纷纷穿梭于白堤、苏堤、断桥之间，忙着选景、拍照、留影，意欲将天堂美景定格在记忆里。

沿着湖畔的围墙，前行数百米，登上石阶，至岳王陵园。头戴金盔，披挂金甲，身穿战袍的岳飞端坐正中。塑像上方是草书的"还我河山"巨匾。我的思绪被牵向岳飞征战的沙场，八千里路云和月……有人问："天下纷纷，不知几时才可太平？"岳飞有名的回答传于后世，直至今日仍然掷地作金石之声而振聋发聩："只要文官不爱钱，武官不怕死，天下自然会太平！"沉思默想之余，环顾四周，到此瞻仰者竟寥寥，莫非人们已将英雄忘怀？！

朋友轻轻拉拉我，说："看看秋瑾塑像吧！"我们穿过松柏林来到束装仗剑的鉴湖女侠前，与她对视的片刻，心壁骤然响起"休言女子非英雄，壁上龙泉夜夜鸣"的豪迈诗句。寥寥数语，正气凛然。最终，这位女中英杰以其珠玉之身实现了她"金瓯已缺总须补，为国牺牲敢惜身"的宏愿。巾帼英雄的壮举曾经令同时代多少仁人志士热血沸腾。如今，塑像前却冷落凄清。念及此，我的心中不免泛起一丝沉重。

伫立湖畔，面对潋滟波光，身处桃红柳绿，我却想起了一位已生华发的教授沉痛的哀叹："对于一个经济上升的时代，人格与灵魂的贫困，较之物质的贫困更具灾难性。"忘记过去就意味着背叛。

人们啊，沉醉于西湖绮丽景色之时，千万可别忘了用血肉之躯捍卫"人间天堂"的先人！只有理智地回眸过去，才能冷静地读懂现在，才能敏锐地瞻望未来。

湖畔行吟，思也翩翩，情也悠悠……

原载 2004 年第 3 期《当代旅游》

竹　思

　　竹是一种特殊的文化,自古以来就与松梅并称为"岁寒三友"。竹形直、节劲、姿秀、色翠、声幽、境雅。文人从竹中读出了亮节、风骨、虚心、谦恭的君子美质。

　　乡村蜿蜒的河堤上有一片竹林,翠竹丛丛,亭亭玉立,枝叶婆娑。节疏干直,刚中带柔,枝繁叶茂,葳蕤嫩绿,成簇成丛生长。新老竹子错落有致地交织在一起,一丛竹子俨然就是一个亲密无间的"小家庭"。挨挨挤挤的"小家庭"组成了绵延几里的竹林。小河弯曲,竹林也弯曲,宛如一条系在乡村腰间的绿丝带。移步竹林间,一种特有的清新从心头弥漫全身。河水清澈,竹叶碧绿,竹映绿了水,水润绿了竹。风过处,一竹应,众竹皆应,清爽的簌簌声重重叠叠,如诉如泣,仿佛神秘悠远的江南丝竹,裹着万般柔情在空中回旋上升。这样的乐音,人类的乐器永远无法模仿。晨露从叶间跌落,似絮语,似吟诗。置身于竹的怀抱仿佛置身于诗的意境。

　　个园给我的最深印象是竹的海洋。园内遍植南北各地各异其形的竹,千姿百态,美不胜收,目之所及,竹干清翠欲滴,枝叶扶苏婆娑。毛竹修长,大有长者风范;龟甲竹下端有龟形图案,好似人工雕刻一般,栩栩如生;小叶琴绿竹叶片小巧,躯干细长,如身姿匀称的秀美女子;湘妃竹泪痕点点,让人生出绵绵情思。我最爱的是娇柔似水女儿

亲亲麦子

性情的凤尾竹,翩翩凤羽如碧玉般清润碧鲜,款款摇曳如玉凤翩翩献舞。我若一尾鱼儿,沿着印满青苔的小径,管自游向竹海深处。竹使个园有了风情,有了灵性,竹为个园添了神来之笔。

文人墨客常以竹为题作文、吟诗、绘画,竹成了坚强、正直、虚怀若谷的象征。与竹最亲的当属苏轼。"宁可食无肉,不可居无竹。"道破了东坡酷好竹子的心态。他策竹杖的风姿,凝固为"何妨从容且前行"的造型。"独坐幽篁里,弹琴复长啸。"王维与竹相看两不厌,其意境可谓静美至极。"千磨万击还坚劲,任尔东西南北风。"郑板桥爱竹之情溢于言表。世间爱竹者甚众,故竹屡屡成为点缀在器皿上的图案。

竹的品格给予人诸多启迪。竹各有各的空间,并不互相压制,并不争夺阳光雨露,并不排斥异己,允许不同种类各呈其态。竹成簇成林生长互挡风雨。竹对人类无所求,却为人类奉献其一生。早在春秋时代,我们的祖先曾用竹片刻字成书,称为竹简。竹编成的各种各样的器具,比比皆是。

竹是人类不可或缺的良师益友。竹的肉身美化我们的生活,竹的灵魂给予我们哲理的启悟。

大地上的智慧树

银杏是与我们人类血脉相连的一种树。银杏又被称为公孙树,意思是说阿公种的银杏,须到孙辈手里方才开花结果。郭沫若尊其为"中国的国树"、"中国人文的有生命的纪念塔"。银杏是植物界的老祖宗,已有三亿年的历史。在新生代第四纪冰川运动时,许多物种遭受天灾灭绝了,银杏却奇迹般地存活下来。宋代时,中国的银杏传入日本。日本广岛在遭原子弹袭击后,人们对核爆中心树木进行了调查,发现银杏最先恢复活力,萌芽长叶。天灾人祸皆斩不断银杏与人类的情丝。

树木是沟通大自然与人的心灵的一种不需要翻译的语言。借助树木的昭示,人能够体察到天地造化中的灵性,感知自己灵海的波澜。面对着一株株雍容静肃的银杏,我被它们那一副智慧通达的修心炼性的姿态深深地打动。在我居住的小区附近,有一大片茂盛的银杏树林。我有幸在不同的季节不同的日子里与它们对视。许多植物都抱着蔓蔓枝枝、松松垮垮、无可无不可的姿态存活,风雨旱涝都可以改变它们生长的样式。有些植物在缺少雨水时长得萎萎缩缩,一旦雨水充足则又饮食无度,抽出杂乱丰腴的枝条来。而银杏树的株干始终笔直地挺拔地向着高空伸展着,它的分枝婀娜,袅袅地擎着一把把开放的绿伞。它们的生命不是为了享受,而是担负着某种庄严神圣的使命,是为了修炼成正果而来的。

　　春光似海。沁人心脾的春天的花香喷鼻醒脑。春潮涌动。春神的薄翼似乎已扇动了全世界凝滞的灵魂。远远望去，银杏树林已戴上了巍峨的绿色云冠，撑出了清凉的华盖。饮着浓酽的春光，银杏树处于微醺的状态。它们都在忙着化妆，都在用青翠莹洁的、精巧的叶片妆扮自己。银杏树那形似扇、薄似纸、轻似羽的叶片独树一帜。那一树树轻盈飘逸，洁净雅致的小绿扇扇呀扇呀，别有一番韵致。群居的银杏树，密密匝匝地生长着，谁也不妨碍谁，谁也不嫉妒谁，互相依靠互相鼓励地成长着。缘此，才形成了大气派。只见那一大片绿色像一条大瀑布，从空中垂下，不见其发端，也不见其终结，仿佛那深深浅浅的嫩绿、翠绿、碧绿在流动在欢笑。

　　银杏树毅然决然地放弃了造物主的美的赐予。它们的花极其简单，没有花萼、花瓣这类装饰。雄花只在叶柄上生着些雄蕊，雄蕊内有花粉囊；雌花在叶柄上裸露着胚珠，胚珠长大后结成白果。初夏时节，密密匝匝的扇状的叶片间缀满硕果。叠叠累累、熠熠煜煜，如玉葡萄。银杏树放弃了花的绚烂，将养分赋予累累硕果。

　　秋天是银杏树最为骄傲的季节。青青的银杏果与绿叶齐头并进，渐长渐黄。密密匝匝的银杏果缀满了枝头。银杏树下时常围满了大人孩子。人们像仰望星空一样仰望着那些金黄色的星星般的银杏果。亮亮闪闪的星星，谁不喜欢呢?! 每个观望者，似乎都很激动很兴奋，似乎那些白果已经落进嘴里似的，津津有味。可是着急有什么用呢?! 银杏树深谙这个道理，它们平静地、从容地生长着，不急不躁。成熟的银杏果颜色金黄，皮肤光滑。除去外层的薄皮和肉质，才露出包着一层白色坚硬薄壳的白果。白果的肉糯且香甜，又夹杂着一丝淡淡的苦味，是滋养身体的绝佳补品。

　　当冷峭的西北风把天空刷得更加清丽高远的时候，银杏树林里渲染出一派悲壮的气氛。起初坠落的只是那么一片两片,像一只只金黄的蝴蝶,飘然而下,落地无声。随风而来,又随风而去。紧接着,便是"沙沙沙"的金黄色的阵雨了。林中空地上,铺起了一层金黄色的地毯。在这地毯之上,铁铸似的竖着挺拔疏朗的树干和枝丫,直刺向高远澄澈的蓝天和淡云。落在树根下的黄叶,如一枚枚沉静的果实,表现出深思熟虑的情调和超然物外的庄严。

　　银杏是从自然历史的炼狱里脱颖而出的一位哲人。面对着大地上的这种智慧之树,我心生虔敬。它们在修炼的过程中拥有了宇宙的胸襟。清风在怀,明月在怀。心悬万千生灵自由翱翔之长空,脚踩厚德载物之大地。它们的株干始终心无旁骛地朝着蓝天丽日进攀;它们不受外界莺歌燕舞花花草草的影响,节制地生长着扇形的莹洁的小巧的叶片,节制地开着不惹人注目的小花,节制地结着玲珑的果实,将自己圈成独立的王国。银杏树苦心孤诣的修炼获得了成功。它们修得了疏朗端庄、高标挺拔的枝干,修得了明洁俏丽、优雅可人的叶片,修得了营养丰富、有益人类身心的硕果,更重要的是修得了称之为"活化石"的长寿的声誉。这种脱胎换骨的修炼的过程,使银杏树的周身散发出了高洁庄严的气质,深深地震撼着每一位凝视它的人们。它将永远赢得世世代代人们的挚爱。

亲亲麦子

与 草 有 关

人与草生死相依。《圣经·创世纪》载:"上帝在第三天造出了草。"上帝说,地要发生青草,于是青草出现了。上帝造物用了六天时间,第三天便造出了草,足见草的重要。

我对草怀有极其深厚的感情,无论何时何地,只要看见草就有一种亲切而温暖的感觉从心里涌动出来。我会蹲下伸手去触摸它们,竭力翕动鼻翼,呼吸草的清香。如果是整片的草地,就会引起我的冲动,让那片绿茵茵的草,举着自己从草地的一个尽头撒着欢儿滚到另一个尽头。

小草易生,大树难成,自然和人生暗合。有个词语叫"草民",是专指底层的黎民百姓。他们卑微似草芥,被人轻视,受人压迫,苦不堪言。我认为世俗地位高低之间是互动的。至于苦乐,达官有达官的乐亦有达官的苦,草民有草民的苦亦有草民的乐。草中也有贵族。居住在城市豪宅庭院里的草儿是为他人活着而活着的,且要承受工业污染。足球场上的草虽出身名门,身价高贵,却专为践踏而长。乡村田野上的草,才是真正的草,它们不计名利铆足了劲,肆无忌惮地长,恣情率性地绿。

草作为一种生命形态,给人类昭示了弥足珍贵的儒心、道心、佛心。草儿细长的叶子沐浴风云雨露,吸纳天地之气,酿造营养,输送给自己的母体。圆融的茎,向四方纷披的枝叶,承八面来风,天光云影,兼收并蓄,滋养得葱葱茏茏,此乃儒家的积极入世。草儿顺承天时,自由生长,不怨天不尤人,遇到砖石,则从缝隙中探出头来,长在偏僻处,也自得其乐,毫无怨言,无攀附之意,无所恃故无所失。长至一定的高度,便向地面披拂,画出美丽的绿弧,因而亦无风摧秀木之忧。盈虚相济,俨然道家风范。草儿心许大地,憋足劲将根往土壤最深处扎去。它心守一方热土,护其根。根乃其心,根不绝,心不灭。野火烧不尽,春风吹又生。《华严经》中有个偈子:"学道先须细识心,细中之细最难寻。个中寻到无细处,始信凡心是佛心。"草儿以天地之心为心,此乃佛家的大智大悟。

　　草儿的经历比任何人都丰富、都惊天动地。生长在长亭外古道边的草儿,迎来了又送往了一茬一茬的人们。草儿首先迎来的是庄子。《庄子》这一只从草丛里孵出来的思想的青鸟,使他名声大振,成为贯穿历史思想界的一颗亮星。接着走来的是白居易和陈子昂。他们面对萋萋芳草,俯仰顾盼,低吟长啸,把公差忘了,在王朝之外,成为诗人。刑车缓缓地停了下来,嵇康和金圣叹把感激的眼神投向了车轮下的草儿,在人生的末途,不远万里遥遥相送的是绵绵的绿草。战车刚停了下来,无数温柔的草举起手来,想收缴寒光闪闪的利器。可是草民的力量太弱小了,它们只能以温情脉脉的绿色覆盖英雄的坟墓。

　　渺小纤弱的草儿是镶嵌在大地上的生命之眼。它的内里积聚着力量、光辉、智慧和美。如果有来世,我要做一株田野上的草,面对宛如流蜜的绿色大地,头顶蓝绸缎般呼啦啦展开的天空。这是多么美好的来世啊!

亲亲麦子

树是线装书

地上有树,很少有人思考树作为一种生命形态存在的意义。我常去访问一棵棵树。树是线装书,逐字逐句翻来覆去研读品味,才能读出精髓。

我去树们中间逍遥,绿树森环,蓊郁一片。每株树都绿叶纷披,枝叶密密匝匝地簇拥着。花美在面庞,树美在姿态。树们各异其形,出人意表。有些树挺拔健壮,枝繁叶茂,身姿匀称;有些树枝叶横向平伸,像杂技演员全身上下夹无数翠盘,一盘一盘皆通体透绿与地面平行;有些树枝干虬曲嶙峋,表皮呈漆黑粗糙状,却有历经沧桑威武不屈之美。树们无不呈现出向上的张力,豁达的气势。绿叶像波浪般摇曳起伏闪烁生光。随着光与影的移动,绿的浓淡瞬间万变,仿佛大自然奏响了庞杂的绿的交响。时时会有色彩艳丽的花儿呈现眼前,或红或黄,或大或小,或花团锦簇,或孤芳自赏。它们和草儿共同编织树的绣花鞋。我款款漫步,一步步走进幽深,一步步走出尘寰。径上净得无一丝沾染,林中静得只有风与树叶耳鬓厮磨的爱恋。宁谧中我是一株行走的树。鸟啼碎了树的绿梦。

院内有树,路畔有树,野外亦有树。我是树的爱慕者,从树旁走过,我的目光会被它粘住,有一种想去拥抱它的冲动。我被它巨大的宁静震慑,尘嚣侵扰的心灵,回归旷古未有的宁静。心中似乎注满了

流年里的光和影

一汪清涟之水,轻盈得如碧水里绽放着的一朵睡莲。静静地穿行于密林,树温润的幽谧浸着绿韵的芬芳扑面而来,闻之沁沁润肺,洗骨涤髓,身心惬意而愉悦,似有斑驳的绿缀满心壁,盈注着清凉的绿意。

用哲学的眼光来看,树和人皆是宇宙演化的产物。它的存在是神圣的,它和人类有着共同的名字叫生命。树的历史,比人类的历史久远;树的生命力比人类的生命力顽强。树扎根大地,沐浴风雨雷电,关注日月星辰,将山川日月之灵演化为一种物质。一滴水能映出太阳的光辉,一棵树亦浓缩着宇宙的信息。树的年轮中有岁月的波纹荡漾,树是有灵有智的。它与山河大地飞禽走兽风云雨雪雷电雾霭的关系,比人类更深入更和谐。它是处理这些复杂关系的大师。树林中的一片叶子,一颗果实,一茎小草,一条藤蔓,一只蜂和鸟,都那么气韵生动和血脉相通。

翻开典籍史册,随处可觅树的芳踪。《说文》中释"东"为"丛日在林中"。《晋书·五行志》称"说曰树,东方也"。树木,是托举太阳升起的地方。树木是生气,是生命之根。有树的世界里,有诗情,有雅兴。树上的一枝一叶皆是诗文,皆是音乐和绘画。从《诗经》中的"昔我往矣,杨柳依依",到《千家诗》里"云淡风清近午天,傍花随柳过前川"。陶渊明先生"宅边有五柳树,因以为号焉";孟浩然一生爱树,有"绿树村边合,青山郭外斜"之诗句为证,真可谓无树不成诗文。一位告别奢华茕茕独行的王子选择了菩提树来支撑自己的苦思冥想。树陪诗人感喟,为行者送别,启智者思考。它点燃了文学艺术家灵感的火花。

树是造物主用来救助人类德行的密语。它立足于大地,并伸出枝叶拥抱天空,尽得天地风云之气。树有两个天空:一个是枝叶迎迓的上方,一个是根须伸展的足下。天地合一,树缘此而具备了某种无限。树为人类献出了枝叶花果根干,却从未索取过。树的风范不靠前呼后拥的虚势，它靠自己光辉的生命形态，使人望而生敬仰爱慕之情。面对人类热切或漠然的目光，树则一律回报以静谧的眼神。树的一生需要战胜种种苦难，匍匐倒地的躯干在泥土里重新扎根，拦腰砍伐的残肢依然会绽出新绿。而那些守护着戈壁荒滩的树则一生都在书写生命与自然搏斗的史诗。

倘若有来世，我想做一棵树。我只生长我自己，长得蓊蓊郁郁，长得遮天蔽日，长得轰轰烈烈。我的身上洒满了七彩阳光，落满了甘霖雨露，沐浴着如水风声，倾听着虫吟鸟唱。爱树的人会留在我擎起的绿荫里，思索关于人生的话题。

春天的步调

万物皆有自己适宜的时机。春天是万物复苏的最佳时机。大约也就是几日之间,强硬凶悍摧折万物的西北风,转眼间变成了吹面不寒绵软柔情女儿态的杨柳风。阳光也像打了蜡,上了釉彩,浅浅地斟进还未来得及舒展开的折叠着的绿叶里,斟进每一朵杯形的鲜花里。这世界,忽然变得亮丽了。

我在春天里慢慢地走着,心灵在春光里蹁跹。走在绿草之上,走在绿叶之间,走在绿树之下。刚冒尖儿的小草在春风和暖阳的鼓动下,熙熙攘攘地挤进了田园,漫上了道路,爬上了门前的台阶,善意地沿着墙角滚一道绿色的花边儿。没有花儿点缀,草也是花儿。没有花香没有树高的草儿不卑不亢,抓住生命的春天率性恣情地生长着,碧绿着。草地上开满了五彩缤纷的花朵:白的、红的、紫的、黄的,娇小、柔嫩、鲜亮。拨开花丛草丛一看,鲜花之下还有一层待放的花蕾。他方开罢我登场,要不了几天工夫,蓓蕾们就齐刷刷地举起花冠。桃花、梨花和杏花的花期是摆在庭院里的流水筵席,我在淡淡的花香、鲜艳的花瓣中流连。花朵带来了多么美好的春天啊!或者说春天带来了多么美好的花朵啊!花朵的绽放提醒人类,生命是多么美好,活着绝对是一件美好的事情。垂柳是树界的资深美女,它用千缕柳丝伴着万般柔情轻歌曼舞。柳条上爆出鲜嫩的秀眉叶，油嫩油嫩的，让人不忍盈握。我的双眸与它相对的一刹那，被新生的"秀眉"触动了，一股叫作新生命的电流击中了我的心脏。

我听见了小河的潺潺流动。冰雪融化了，小河丰腴了起来，仿佛离天更近了。水天交接处，说不清那白云是在天上游弋，还是在河里戏水。大片大片相连的绿罗裙一般的芳草点缀着小河。芦苇丛里又冒出了一批鲜嫩的又尖又硬的苇芽。春江水暖鸭先知。几只鸭子从河滩上"扑嗵——扑嗵——"跳进水中，时而漂游，时而扎起猛子，时而曲项而歌……它们乐此不疲地捕食水底的小鱼小虾，伸长脖子一哽一哽地吞食。几只小鸟"唧唧啾啾"地鸣叫着横掠过苇丛，欢快地飞向远方。在这个喧嚣的世界上，小鸟无论经历风霜雪雨，还是电闪雷鸣，都单纯地快乐着。在它们生命的词典里是查不到伤害、嫉妒和战争的。

春色三分，两分尘土，一分流水。沉睡着的古老的土地苏醒了过来，地气升腾。布谷催播，劳燕护耕，辽阔的黑黝黝的土地犁开了一条条垄沟，列成一个个方阵。五谷的种子播撒下去，庄稼苗绿了上来，绿了田野，绿了小河，天地间渐渐绿满了。

我们没有理由不对春天投之以虔诚的谢意和崇高的敬畏。春天为人类创造了丰富的色彩、芳香和甘甜。在人生的道路上，我们即使遇到了挫折和打击，也不必悲观，不要绝望。有了春天的存在，一切都会慢慢好起来的。感谢春天馈赠给我们复活的灵性，让我们懂得感恩。

要观瞻生命的纯洁面目，必须面对春天，面对碧草绿树鲜花。让我们在透明的春光里闲庭信步，看草长莺飞，听鸟语花香。

透明的时光

当一朵尚未完全干枯的淡紫色鲜花,从一封书信中掉落桌面时,我惊讶地在这个细节中感受到一种古典的情怀。这是一封朋友的来信,信末注曰:"紫藤与香茗异常佳,乃可径来。"我想象着她,为紫藤投去心醉神迷的一瞥,并把这风景的美寄给我。我由衷地感动。朋友是性情中人。她从遥远的童年就做梦未醒来。而我是一个有很多梦想,却没有努力去实现的人,没有实现的梦想深深浅浅地放在心里,偶然泛起,那是神游幻境的时刻。

我们的相聚是为了游离于日常生活程序之外,说一些不着边际的闲话,进行一些不着边际的想象。她拿出新茶,摆弄茶具,红砂的底盘,细白瓷的盖碗,四个小茶盅,烫杯洗茶,煮沸的滚水倒进细薄的瓷盖碗里。她的手起起落落,橙红色的茶水均匀倒入盈盈一握的小茶盅。茶香如深谷幽兰,若隐若显,让人不经意地想起生养它的岚气和幽谷。茶有别于咖啡和可乐,举杯啜饮,顿觉香醇飘溢,神清气爽。

茶是透明的,杯是透明的。朋友说:"听点音乐吧!"音乐也是透明的,看不见且摸不着。用耳朵聆听,用心灵的耳朵聆听。音乐的背后是清澈的湖泊,淡蓝的天空,横在水中央于秋风中瑟瑟作响的是苍苍蒹葭。翩翩而来的雁群,从洒满余晖的天际缓缓飞过。音乐引领我们的生命还乡。听了一遍后,按返回键,翻来覆去地听。可惜生命无法像音乐那样可以返回。

　　窗外有几株紫藤。动的是花和枝叶,还有影子,不动的是它的根和身,还有它们的精神。它们在听我们说话。朋友背对着紫藤,说到了紫藤,说紫藤自由地开花,自由地长叶,不问风雨不问晴。谁瞧了它一眼,谁都能瞧出它的那一份从容,那一份安宁,这不就是幸福吗?! 紫藤的花一小挂一小挂,粉紫的,从枝叶中露出来,借着枝条延伸进窗子,向着虚空,向着朋友说话的方向绽放着。

　　有几朵来看望我们和紫藤的白云,在窗外的空中飘着。朋友突发奇想,说:"要是把我酷爱的唐诗宋词抄在那白云上,该有多好!"那些花朵状的、动物形的云朵和美丽的诗词相得益彰,飘在世界的每一个角落,全世界的大人孩子只要仰起头,就能看到白云看到诗,兴致来了,还可以拽下喜欢的白云喜欢的诗。用诗和白云部署人类的天空,与用工厂的烟尘、有毒的气体、原子弹的蘑菇云伤害天空简直是天壤之别。朋友说完,为自己傻傻的想法自嘲地笑了起来。抬头看看白云,让它们进入我们的眼睛,进入我们的生命,也比视而不见白白浪费了强吧!

　　茶、音乐、紫藤和白云,都是微小的事物,但是它们都是好文字的血肉。只要赋予它们一颗鲜活美好的心灵,就能从中孕育、生长、生发出好的诗歌、散文,或者小说。文学是人类精神的盐。

　　暮色不声不响地笼罩下来。我和朋友用融入我们生命的好东西,譬如茶、音乐、紫藤、白云……杂陈在漫长而短暂的岁月,表达友谊、梦想,以及一切美好的祈愿,对抗一切与利润有关的实用主义。

　　几个钟头过去了。我们还谈着,背景是音乐,插曲是窗外的紫藤和白云。我们像梦一样,以一种非现实的状态存在于这个物质世界,远离喧嚣,远离卑微的人生,远离庸常的现实。这是心灵的另一个纬度,是一大片一大片快乐透明的时光。

有爱心的人活在天堂

林清玄曾经在一篇文章中这样描述天堂:"人间既是天堂,也是地狱,当我们心里充满爱的时候就是身处天堂;当我们心里怀着怨恨的时刻就是住在地狱!"在我们的想象中,天堂里充满了美好与欢乐,而地狱则弥漫着丑恶与苦难。

我有幸与一位有爱心的慈祥的老奶奶结缘,共处一室。她是我们办公室的王老师。王老师仁爱善良、幽默风趣,虽历尽沧桑,却特别爱笑。一听到她那爽朗清脆、温和热情的笑声,顿觉满室生春,似乎连一桌一椅都充满了生气。与她共处一室,如沐春风。领导来查班,说我们办公室只要王奶奶在,准是一个萝卜一个坑。办公室内年轻的老师居多,王老师年龄最长,教龄最长,却从不摆谱。遇到大家忽略的小事,譬如打扫卫生、关灯锁门等等,她总是全心全意地为大家服务。她好像是一面镜子,我们从中总能照见自己的不足。王老师家的屋后有一片空地,种了些向日葵和花生。她时常把炒得香喷喷的葵花子和花生带到办公室与大家分享。在备课、批改作业时,分得一把瓜子抑或花生,嗑几粒瓜子,尝几粒花生,再写几行字,岂不悠闲快哉!花生瓜子的香味是关不住的,时常招引来邻室的同事。王老师静静地坐在一旁,注视着分享她劳动果实的我们,脸上溢满了幸福与满足的笑。

王老师天性爱美。她用彩色粉笔在黑板上画得栩栩如生的花鸟虫鱼，令我们这些出身科班的师范生啧啧称奇。金秋送爽，丹桂飘香，王老师采了自家树上的桂花，插在办公室阳台上的花瓶里，馥郁的芳香弥漫了整整一个秋季。

我时常与王老师一起去菜场买菜。我习惯性地稍后一步跟着她，就像我在老家时喜欢服从地听凭母亲带着我在街巷里左拐右折。王老师极有人缘，她主动热情地与所有熟人打招呼。我的目光在新鲜的蔬菜和鱼肉之间游移，挑到心仪的就迫不及待地往电子称上放。王老师总是到设在背旮旯处的摊位上买菜。仔细打量才瞧出端倪，这些摊主大多是风烛残年的老人，王老师对他们的照顾和支持，对他们来说虽是杯水车薪，但是这一份小小的义举，所传递关爱和同情的正能量却暖暖的。

一天傍晚，王老师童心大发，约我一起去吃豆腐脑。我们一老一小和五六个正埋头朵颐的孩子坐在同一张长桌上，热火朝天地吃着。此时，一位露过这里的妇女拉着一位小男孩停在了摊前，小男孩乌溜溜的大眼睛盯着白白的嫩嫩的正冒着热气的豆腐脑。母亲掏遍全身的衣兜才发现忘记带钱。王老师发现了，连忙从钱包里掏出了一元五角钱递给了尴尬的母亲，小男孩的眼睛里顿时放出了光亮，用稚嫩的声音说道："谢谢奶奶！谢谢奶奶！"回家的路上，我们一边散步，一边津津乐道豆腐脑的美味以及男孩如愿以偿的笑脸。

这个世间每一个人都渴望得到别人的爱与帮助。王老师总是力所能及地帮助每一位需要帮助的人，将她的善念传导给别人。爱，本质上是给予，而爱的幸福就在这种给予之中。王老师给予别人关爱，爱心的光亮在照亮了别人的同时，也照亮了她自己的心空。丰盈的爱心，使人像神一样博大。因此《圣经》里说："神就是爱。"有爱心的人永远活在天堂里。爱心必将唤起爱心，点燃爱心。只要爱心长存，就能将尘世构建成美好的天堂。

灯光,高挑精神
枝头的花朵

灯光,高挑精神枝头的花朵

心　泉

　　初读王维《山居秋暝》时,我浸在晶莹的碎得满地的月光中,寻找"清泉石上流"的意境,凝神倾听一些清澈的声音潺潺地淌过石头,然后又隐隐约约地流向远方。从此,这一涧清泉,留在了生命的最深处。

　　泉是古诗文中极富韵致的意象。漫步在唐诗宋词明清小品里,耳畔不时传来泠泠的泉声,眼前晃动的是一溪鲜活的清泉,以及观泉、听泉的身影。这身影夹杂着几枚青石、鸟影、梅枝,掺和些月光、清风、松色。

　　我曾在旅途中邂逅泉。泉水像一些绿色的透明的藤蔓,不时地从脚下的石缝里爬出,从头顶的峭壁上挂下来,或滴珠,或一线,或几绺,或成瀑。它在大地上漫步行走时,随时随地会把不同形状的山体的不同情态,用水质的声音演奏出来。这些流动,像琴,像笛,像钟磬,发出的铮铮的泉水声是人间最美的乐音。立于澄澈的泉边,让泉水映照着身影,我掬泉浣面,饮泉入腹,以泉为镜,发现微涩的一张脸已"水色"丰足。

　　东山魁夷说:"人人心中都有一股泉水,日常的烦乱生活,遮蔽了它的声音。"人的生存秩序——结婚、生子、柴米油盐等等淹没了它的身影。人之一生,苦也罢,乐也罢,得也好,失也好,最要紧的是心间不能没有一泓清泉。清泉从地层深处喷涌而出,它沥滤自石之罅根之孔,历尽了脱胎换骨的磨砺,只剩下一身的清白。它是尘世间最纯净的东西。从古至今,它不间断地奔流着,阅尽世间一切生物的生死荣枯;它何曾因风霜雨雪而萎缩移易,又何曾因宠辱得失而抛却自适自得。眼中有泉的人,心中亦应有泉。心中有泉才能甘于清贫,甘于寂寞,自始至终保持独立的人格;才能做到一步一个脚印地攀登,不变心性;也才能有诗人的神韵和学者的品性。心中有泉的人,一生都在用心泉浇灌真善美之花。他们为人类留下了夹着热血带着体温的生气勃勃的精神的清泉,比如屈子字字珠玑的楚辞,李白气概奇伟的诗歌,东坡闳肆奔放的散文,司马迁的传记,黑格尔的哲学,莎士比亚的戏剧,贝多芬的钢琴曲,梵高的绘画……这些历尽磨难的艺术家以精神的清泉赋予人类文明以尊严与崇高。也有一些心中有"圣泉"的人,以其化育万物的慈爱熔铸一个民族的精神,比如中国的孔子,比如印度的释加牟尼,还有圣雄甘地。

这些源于高贵的心灵的精神清泉,汩汩流进我的心灵,源源不断地渗入我的肌肤与内脏,在我的血管里流淌。它洗去我肺腑中的浑浊,还我以洁净;它冲刷我胆囊内的怯懦,还我以刚健;它扑灭我脾脏里的燥火,还我以平和。它疏通血脉,打通经络,以便我更和谐灵敏地感应大地与天宇的生命潮汐。我呼吸天地的湛然清气与浩然正气。清泉流入我的身体,我内心的峡谷里澄波荡漾。夜半突然醒来,我会从心灵深处听到絮絮低语的泉声。每逢在人生的旷野上迷失,我会观照着流泉的走向,寻找前进的方向。

奔波于万丈红尘中的芸芸众生,心中都有一汪清泉。只因尘世的琐碎,生活的纷杂,才朦胧了它的清碧透明。生命不能承受无泉之痛,真正优秀的人生更是如此。现代人的心灵缺少清泉。这清泉是要自己去创造的,就像爱。我等凡俗之人,当用淡泊宁静的心怀澄清心泉,用心泉冲刷横流竖淌的人欲物欲,用心泉涤尽如尘的烦扰。

灯光,高挑精神枝头的花朵

观照心泉,让思想走向深刻,走向纯净;倾听心泉,让生命愈加鲜活,愈加丰盈。更重要的是创造心泉,创造精神的清泉是艰苦卓绝的。然而,人生的美,正在于此。

亲亲麦子

灯光，高挑精神枝头的花朵

　　灯光，这高挑在精神枝头的花朵让我爱恋。

　　稍稍回忆一下就会想起，童年时在家乡常见的油灯是用铁皮做的。圆柱形的身子斜伸着一根细长的嘴，把屋子里照得朦朦胧胧。我人小怕黑，夜晚总觉得身后有什么东西跟着。祖母或母亲把油灯端到哪儿，我就默不作声跟到哪儿。跟着油灯的光亮才觉得安全。晚饭后，大人小孩时常聚在灯光下谈些奇闻轶事鬼狐神怪。油灯点得久了，灯芯上会结出黑豆般的灯花，发出"啪啪"的细碎的炸裂声。母亲用手中的缝衣针或织针轻轻一挑，父亲则弓起中指对着灯花迅速一弹，灯花落了，屋里又亮了许多。一盏油灯给清静的乡村夜晚带来了温暖、团聚、欢乐，也在泥坯墙上描绘出我渐渐长高的身影。

　　启蒙上学那年，父亲牵着我去学校报名。回来路过供销社买了一盏罩子灯，父亲用衣物包裹着它一路小心呵护。我很兴奋。父亲说："你是学生了，要用讲究些的灯学习。"暮色四合，父亲取出罩子灯，"哧"地擦亮火柴，那红光如絮团化开，把一只硕大的玻璃罩罩上，拨亮灯芯，火红明亮的光焰在房间里弥散开来。我端坐桌前温习功课。天长日久玻璃罩被熏黑了，父亲取下往里面呵些热气，用手帕大的软布把它擦得水晶般透亮。微风入室，灯光摇曳，母亲总会在我旁边纳鞋底，我写字很慢，母亲就一直陪着我。光线很暗，母亲那里更暗，她的

灯光,高挑精神枝头的花朵

手被针扎了一下又一下,她总是等到很晚很晚。在油灯给予的温暖的光芒里,在书香相伴的夜晚里,我过早地睁开了一个少年看世界看人生的眼睛。

电灯的发明与利用,延伸了白昼的光明。当台灯柔和的光晕洒满书桌,一切浮躁与喧嚣被轻轻抹去,我的心安宁恬淡,如夜空静谧的星。长夜漫漫,夜凉如水,天下典籍浩如烟海,灯光与书籍引领我走进久远的、古圣先贤的灵魂的深处。这些博学敏思者身上澎湃着汨汨律动的智慧潮汐,睿智的目光中总有一种撼人心魄的力量。在光焰圣洁的照耀下,我读了多年书,我一直相信自己用来生活和写作的语言是高贵而纯粹的,就像我故乡的河流、田野、麦垛。凝神于夜的深处,我的文字踩着方格的水田日夜兼程,穿过钢筋水泥的丛林,翻越故乡的山冈,来到灯光圈出的这一片园地,在笔尖分蘖出丛丛绿草,阵阵稻香,片片月色……灯下的阅读和写作让我荒芜的心境变成绿色的原野,让我迷茫的眼睛明亮如星。

灯光折射出多样的人生,映照出不同的灵魂。有人在灯光下畅游在知识的海洋里,灯光是一盏长明的航标;有人在灯光下攀登着科学的顶峰,灯光是一架可供攀爬的云梯;有人在灯光下忘我地工作,灯光是一位忠诚的伴侣;亦有人沉溺于灯红酒绿,灵魂在灯下麻木,人生在灯下荒芜。

人生如灯,请把你的灯提得高些、更高些,燃得亮些、更亮些……只有这样,你的光芒才能照射得更广阔更深远。

亲亲麦子

夜朗书香

　　夜色铺满小屋。挑一盏灯,读让我忘记时间和空间的书,感觉就像一株脱水渐趋蔫萎的水仙重新植入净水。蒙尘结痂的心冉冉盛放,一瓣比一瓣纯净,一瓣比一瓣透明。

　　我静下心来。静心方可忘我、无我,进入最佳的读书境界。手执一卷,细细品味,吟哦于四壁之中,观古今于须臾,抚四海于一瞬。我既可以与庄子谈心;又可以与苏格拉底对话。泰戈尔、雪莱在我耳畔喁喁细语;曹雪芹为我演绎《红楼梦》;还有屈原、东坡、萨特、莎士比亚……一大堆才华横溢的挚友在等着我。读书如听音乐,一旦进入即换了一番天地,时入远古蛮荒,时入异国异俗,时入霞光夕照,时入人间百态。人物的苦恼赶走自己的烦忧,故事的紧张替代现实生活的纷争,即便悒郁忧伤也换了一种滋味。艺术把一切都审美化。丑也是一种美,在艺术中审丑也是审美,也是享受。

　　古人刘向云:"书犹药也,善读可以医愚。"列夫·托尔斯泰说:"理想的书籍是智慧的钥匙。"我是一个爱在书页上做梦的人。水一般清浅安静的外表下蕴藏着炙烫如岩浆的魂灵。心灵深处喧腾着莫名的激情与苦闷,总想挣脱什么似的渴望飞翔,渴望远方,渴望突破种种定位的重重包围。埋首于能解答我灵魂困惑、给我生命以安慰的典籍中,我焦渴地寻索存在的价值、意义和真理。当我在生活的钢丝上走得很累很累的时候,我常在

灯光,高挑精神枝头的花朵

心里呐喊——让文字拯救我吧!在智慧的书页间,往往会蓦然发现一段文字,一个观念,或仅仅只是一句简单的话,却能触动心坎中某根荒疏的弦,令我为之震颤,从而顿悟。苦苦寻觅的灵魂仿佛得到了某种救赎与安慰。这些文字似乎专为我而写。我泪流满面,读了又读。身外的一切如潮水般退去,袒露出一片宁静而安详的心灵的沙滩。

书不只是用眼睛来读的。以目光抚摸文字,从表层读到知识、思想、情感和事物,仅仅是肌肤之亲,把思想的犁深深地插进深层,才能读到修养、情操、人格、风骨和灵性。真正的阅读是能进入灵魂深处的。邂逅与自己心灵质地相似的作者如同找到了精神上爱侣,一见倾心,相见恨晚。心灵与心灵的约会碰撞出灼人的火花,从而得一新生命,入一新境界。

凝神于夜的深处,虔诚地面对如星斗一样的文字,我暗暗思忖:天地间至文大都是人类最高贵的灵魂在黑夜里的慨叹。被寂静的长夜包围的先贤智者用灯光和心光为灵魂探路。他们天才的思想和才华照亮了自身,亦朗照着处在幽暗中的人们。

世界上所有的一切都在书里,世界上没有的一切也在书里。书里有智慧之泉,生命之泉,有日月星辰,也有人类崇高、圣洁、善良的灵魂。读书使人性情与学问并进,灵性与智性共长。

很静很美的夜晚,在散发着生命芬芳和墨香的书中把自己熏香。让书中世界与心中世界融为一体,让晶莹剔透的灵魂飞升于美好的自由的精神国度,让有限的一生活出两生来!

亲亲麦子

聆听许巍

王小波说:"如果一个人不会唱,那么全世界的歌对他毫无用处;如果他会唱,那他一定要唱自己的歌。"许巍就是这样一位始终在唱自己的歌的歌手。喜欢聆听许巍,因为许巍的音乐是用真情编织的醉人的梦境。李皖说:"许巍一直充满内心感动,这样的艺术家就像感动本身。许巍一直靠感动写作,他的作品没有一首是伪乐,现在依然没一首伪乐。许巍的世界,从来就是真情、真诚、感动的世界。"

许多现代人时常陷入哲学大师傅佩荣指出的三大困境:一是无根,二是无心,三是无情。在这个喧嚣浮躁的时代,人们的生活轨迹就是赚钱和花钱的循环。在现实的压力下,有的人不得不终日戴着面具,无暇眷顾心灵;有的人在觥筹交错间,虚与委蛇,难以想自己所想,做自己所欲做。万物阒寂的静夜,聆听许巍,聆听《两天》:"我只有两天,我从没有把握;一天用来出生,一天用来死亡;我只有两天,我没有把握;一天用来希望,一天用来绝望;我只有两天,每一天都在幻想,一天用来想你,一天用来想我。"这首许巍早期的歌曲中弥漫着忧伤,引起了诸多听众的共鸣。当然,爱好音乐的听众和许巍一样,并没有比常人经受更多的苦难,只是由于骨子里有更多的敏感多思,忧伤与痛苦的体验才更为深刻。聆听《在别处》,我们能够听到自己的心在滴血的声音:"没有什么能够阻挡,我对自由的向往,天马行空的生涯,我的

灯光,高挑精神枝头的花朵

心了无牵挂……"每个人都想活出自己的本色来。爱、美和自由,是许多人一生的梦想。许多人的梦想在五光十色的生活中消失了。在暗夜中传来的许巍的歌声,是他内在性灵的自然流露。性者个性,灵者灵气。许巍是个极具个性极有灵性的人。他的歌因为有了形而上的思考而显得晶莹剔透,契合性情。

每个人都在许巍的音乐里找到了自己的情感体验,或孤独或悲伤或沉潜或奔放。聆听许巍,就是在聆听自己的心音,就是彼我此我体贴融洽地交流。许巍的音乐随着人生的变化和世界观的改变而变得越来越温暖、明朗和清澈。《每一刻都是崭新的》不再抑郁,承续《时光·漫步》中显现的速度和欢快,调和了激情与悠然、绚烂与平淡,让人从喧闹中听出自然宁静,从沉寂中悟出尘世恬淡,在时光里从容淡定地漫步。柔和的风轻抚我们疲惫的身体,灿烂的阳光照耀着我们潮湿的心灵。"我不再忧郁,我心中有爱。"许巍对这个世界看得越来越透彻越来越平淡。真水无香,真味平淡。风平浪静中,见人生之真境;味淡声稀处,识心体之本然。许巍展现给我们的是一颗平常心。在这个物欲横流的时代,葆有一颗平常心是多么地难得。每一刻都是崭新的,每一天都是生命赋予我们的最好的礼物。《坐看云起》中,出世的精神与入世的情怀达到了完美和谐的统一。《秋海》就像泰戈尔所言:"这些微思,是树叶的簌簌之声呀;它们在我的心里欢悦地微语着。"《悠远的天空》能让人产生置身于西藏寺庙的感觉,浮躁的心灵瞬间沉静,焦急的情绪得以安抚。聆听许巍,在歌声中我们安静下来。

许巍从一个患有抑郁症沉默自闭的歌手成为名扬天下的成功明星。他的成功源于他的真诚,以及他对这个世界的爱。一切艺术取得成功的经验就是:只有发自内心才能进入内心。让我们聆听许巍:"活在这珍贵的人间,人类和植物一样幸福,爱情和雨水一样幸福。"

亲亲麦子

凿一条心径

捷克作家米兰·昆德拉在《玩笑》中说：受到乌托邦声音的诱惑，他们拼命挤进天堂的大门，但当大门在身后砰然关上时，他们发现自己是在地狱里。遥想生活的时候，它是美的形态，投身其中，才感觉锋芒般锐利。

置身红尘，我与众生皆忙碌，或为衣食所牵，或为欲望所累，或为挤压所迫。世俗的营嚣之声不绝于耳，在这样的状态下，我感到心如浮藻，身如茧缚。我想到了逃离，张望起别处的生活，仿佛远方闪耀着快乐、自由、幸福与梦想的诱惑之花。我终究没有逸出尘网。

我渴望觅得世外桃源，以为别处的风景总是绮丽宜人，陌生和距离滤去了尘沙。其实千山万水中的惊鸿一瞥，浮光掠影的雁过无痕，呈现的都是不真实的美丽。名山秀水中没有我逗留的位置，我只能带着惊艳动魄与些许的失落归来。

世外没有桃源，净土在自己心中。我深知只有在世俗的夹缝中为自己营造一种心境，凿出一条心径，为自己的心灵垦植一路浓荫，才能"逸出世网"，以脉脉的情愫给心灵以欣慰和关爱，用精神的清泉涤净心灵的尘埃。在一种美的精神境界中蔓生出无限盎然的情趣和心境。

我有机会时常去乡村的老家小住几日。房前有柳树有杨树有竹林，树上林中有黄鹂有布谷有百灵，屋后有农田万亩。我常在田边小游。访

灯光，高挑精神枝头的花朵

一访稼禾，吹一吹自然的风，听一听鸟语虫吟，望一望西天的云，平添一层"悠然见南山"的散淡。我在放牧，放牧一颗疲惫的心；我在赏画，赏十里田园风光。天地有大美而无言。天地之美在风景名胜，也在"溪头荠菜花"。淡中显味，更是一种不事雕琢的天然至美。天地间大美化为精神的清泉滤净我的浮躁，使我的心灵变得沉静安然。

静心读书是另一种心境的获得和拥有。尘嚣渐息，案头小灯晶莹，手执一卷，与书中的智者交谈。感受文字的灵性和思想的灵光，如啜香茗，如饮佳酿。我畅饮了屠格涅夫用曼妙的语言之杯承接的自然之美的甘醇，使大自然的一草一木透过我的眼睛映射到我的心灵之上，成了美妙动人的小诗，我的心灵为之陶醉。我在纪伯伦那个开满美和善的花朵的花园里流连：花园的轻风里弥漫着诗的气息，蜂蝶的翅膀上扇动着动人的音符。读到王维的《竹里馆》："独坐幽篁里，弹琴复长啸。深林人不知，明月来相照。"我仿佛立在一幅静美的图画里：竿竿疏篁陪伴，朗朗明月普照，诗人弹琴复长啸，陶然抒怀，清兴无限。此时的我静心禅定，摒弃了欲望与杂念，真正进入了书中的境界。

读过董桥的一篇散文，随手录下文中的两句话："身在名利场翻滚，心在荒村听雨。""荒村"、"烟雨"是中国传统文化营造的一种诗情画意的氛围。淡烟疏柳、一水孤村足以安息一颗在红尘中翻滚后疲惫的心。这种吟哦山水寄情遣怀的文化源远流长，性本爱丘山的陶渊明采菊东篱下。陆游心有灵犀："卧读陶诗未终卷，又乘细雨去锄瓜。"被这种精神文化浸润的一代又一代人在纷纷扰扰的尘世凿出一条心径，通向尘外的净土，寻求避苦就乐的人生，在自己的心中创造出一个桃花源来。这是一种心境，一种体验，亦是一种境界，一种人生。

在你心灵的沃土里凿出一条心径，它会给你带来绿荫，唤来鸟语，还会筛下许多许多闪着亮光的梦境……

亲亲麦子

让心灵站立

在贝多芬的音乐越传越远的时候,他在维也纳邂逅了李希诺夫斯基亲王。亲王发现贝多芬是一块稀有金属。在亲王的真诚邀请下,贝多芬住进了王府。对亲王一家无微不至的关爱,贝多芬自然心存感激,但是,当亲王企图通过爵位的尊严迫使贝多芬改变自己的意志时,他勃然大怒,并立即搬出亲王的宅邸,宣布与之绝交。他不想把自己的音乐与金钱权势画上等号。他不想让别人对自己的音乐信念横加干涉。正是贝多芬这种在权势面前让心灵站立的特立独行的精神,使他赢得了全世界人们永远的敬重。

心灵是什么?心灵是思维的器官,情感的渊薮。心灵的高度决定人格的高度与灵魂的高度。贝多芬那气势磅礴、惊心动魄的充满自由感与崇高感的音乐,来源于他那颗不畏权贵、睥睨一切的站立的心灵。

涉世之初,每个人都会从亲友师长那里领受各种教导。我们很难听从心灵的召唤。这是导致人生不幸的最主要原因。忠于自我,让心灵站立,按自己的愿望度过此生,完成自己的使命。这才是幸福的人生。

让心灵站立,最需要淡泊的情怀,在物质文明极度匮乏的古代,人们更容易获得纯粹的精神。在物质文明高度发达的今天,金钱成了人们生活方向的指挥棒,金钱极易使我们屈服于物欲。君子爱财,取之

灯光,高挑精神枝头的花朵

有道。如果以我们的心灵下跪去换取金钱,得之又有何益?!权位,极易腐蚀人,因为它提供了肆行无忌的种种可能性。权势是难以抵制的诱惑。一个利欲权欲熏心的人,一定是一个八面玲珑、见风使舵的人,在迎合者、打击者、利用者、团结者之间虚情假意地周旋的人,是难以品尝到快乐和幸福的滋味的。天下熙熙,皆为利来;天下攘攘,皆为利往。多少人为"名利"二字用破一生心。耶稣说:"一个人赚得了整个世界,却丧失了自我,又有何益?"守住清明淡泊的自我,就可以说我们与幸福同在了。守住一分淡泊的情怀,就如同在心灵中植下了一株芳香、优雅、绰约迷人的菩提树。

让心灵站立,需要不断地修炼。人的心灵犹如田地,一旦弃而不耕,则愚妄之念便如杂草滋生。唯有依靠持久不懈地修炼,才能将其剔除。法国思想家帕斯卡尔洞悉人性的悖论。他感慨地说:"一切是一,一切又各不相同。人性之中有多少种天性,有多少种禀赋啊!"人既是一切事物的审判官,又是不确定与错误的渊薮。人性的矛盾性与复杂性,要求我们看明人生与社会的真相,寻找获得幸福的智慧。这就需要不断地修炼来调节心灵的状态。我想,多读书,读好书,是走出困惑与无知的最佳途径。培根在《论读书》中说:"求知学习好比修剪移栽。"求知可以使人获得哲理和智慧,改进人性,提升人生的境界。一个智慧通达的人,会以坚守自己的心灵作为生命的最终目标。

让心灵站立也需要底气。傲立于山巅的绝壁松所独具的气魄,是那些生长在平地里的树所欠缺的。悬崖上缺水,绝壁松依靠自身的水分润泽自己;悬崖上无土,绝壁松从石缝中钻出伟岸的身躯。让心灵站立,必须依靠超常的生命意志和强大的精神力量。诚然,这种超常的生命意志,亦是后天修炼的结果。一个人不为时事所拘,听从心灵的召唤,一如既往地走自己的路,需要一种强大的精神力量。这种精神力量,来源于知识、学问、性情、修养、人格、操守等共同构建的内部世界。这是他的心灵能够站立赖以支撑的基石。

　　让心灵站立,获得身与心的自由,自自然然地生活,是获得幸福人生的唯一途径。

灯光,高挑精神枝头的花朵

呼唤大师

何谓大师？大师是伟大的代名词。大师的作品在文学史的脉络中具有巨大的原创性,创前古所未有,而传至于后世,成为经典。大师必然具有强烈的、无处不在的人道主义精神。大师及其作品的存在,就是对于人类苦难的一种有效的抚慰,是传之久远的呼号扶伤的声音。大师的作品给予人类的是触及灵魂的震撼。灵魂的震撼是指穿透文字的内核,指向道德与人格,引人向善,呼唤美,歌颂光明,捍卫真理和正义,从而赋予作品以正面塑造世人灵魂的能力。大师的作品可以做人类的凸透镜,能把民族灵魂、民族语言、民族性格、民族精神反映得明晰而纯美。大师的作品是火焰,能点燃人,能照耀人,能温暖人;大师的作品是圣泉,能洗涤人,能滋润人。一句话,大师的精神及其作品,广则弥漫在文化的宇宙间,深则憩息在人们的灵魂深处!

这是一个伟大的时代,也是一个浮躁的时代。我们不妨来检视一下中国的当代文学,看看有哪位作家能配得上"大师"的桂冠？这样检视的结果是令人沮丧的。这是一个没有大师的时代。著名评论家李敬泽先生认为:"'浮躁'毁灭作品,'浮躁'毁灭作家。这并非耸人听闻,我们出不了与时代相称的大作品、大作家,原因固然很多,但最直接的,还是因为作家'浮躁'的写作心态。"这个浮躁的时代是导致大师"或缺"或者"夭折"的重要原因。1932 年,赫胥黎就曾经在《美丽新世界》中为我们发出振聋发聩的警语:"我所担心的是,我们虽然没有禁书,却已经没有人愿意读书;我们虽然拥有着汪洋般的信息,却日益变得被动和无助;我们虽然有着真理,然而真理却被淹没在了无聊烦琐的世事中;我们有着文化,然而文化却成为充满感官刺激、欲望和无规则游戏的庸俗文化。人们渐渐爱上了并开始崇拜起使他们丧失思考能力的娱乐世界。"我并不认为赫胥黎的预言在我们这个时代应验了。我始终相信,只要人类存在一天,文化就绝不会消亡。但是,对于文化来说,一种娱乐至上的环境是最坏的环境。

一位作家要想成为大师,就必须翻越"权"和"钱"这两座大山。真正意义上的大师必须以永远的特立独行的怀疑精神挑战权威和传统,而这种柱立中流、睥睨权贵、不为时事所拘的胆识需要一种强大的精神力量。这种精神则来自其知识、学问、性情、人格、信仰等共同建构起的内部世界。这是他的生命之树赖以支撑的根。此外,大师还要淡泊名利,耐得住清贫和寂寞,用生命来创作。为了创作,皓首穷经,殚精竭虑。用生命创作的大师一旦叩响艺术的钟声,其作品便会走向永恒。

韩少功先生认为:"职位、职称、奖项、宣传、出国观光、其他福利等等,都曾经是有效的政治手段,可以把一些作家圈养得乖头乖脑。"当我们的作家放弃了神圣的道义和责任,丧失了对人类苦难的疼痛感,把创作变成了制作,批量化地生产文学作品时,我们呼唤的大师就成了濒危物种。这必将是人类最大的悲哀。

艺术的别名叫药

1913年8月15日,卡夫卡在日记里写道:"我将不顾一切地与所有人隔绝,与所有人敌对,不同任何人讲话。"六天后,他又写道:"一切不是文学的事情都使我无聊,叫我憎恨……"三年之后,这个与尘世格格不入的卡夫卡每天傍晚一下班,就带上一份简单的食物,直奔一间幽暗低矮的小屋里写作。尘嚣渐逝,万籁俱寂。整个世界都沉沉睡去。卡夫卡借着灯光用文字构建着灵魂的城堡。

与着了魔的卡夫卡一样,梵高完全摆脱了浮华的物质,几乎是两手空空,单凭自己的画笔为自己创造一种生活。梵高忍受着衣不蔽体的瑟瑟发抖;忍受着饥肠辘辘的胃痉挛;忍受着被整个世界拒于千里之外的抵触和冷漠,他背着画夹走在阳光炽烈的田野上。他画收割的农夫、吃土豆的劳动者、燃烧的向日葵……他的眼睛闪烁着深邃的光芒,手臂疯狂地挥舞着,仿佛在同画中的自己抑或是整个尘世搏斗。

正如安徒生在《光荣的荆棘路》中所写的那样:"世界的历史像一个幻灯。它在现代的黑暗背景上,放映出朗朗的片子,说明那些造福人类的善人和天才的殉道者在怎样走着荆棘路。"为什么我们的艺术家甘愿舍弃平坦的金光大道,而选择这条连接上帝与人间的荆棘路呢?即使被锐利的荆棘刺得衣衫褴褛,鲜血淋漓,依然无怨无悔。帕斯卡尔说:"人的全部尊严就在于思想。"人是什么?人就是肉身与灵魂共同组成的一种物质体。理解了这一点,就领悟了艺术家为何在光荣的荆棘路上行走,形成环绕地球的灿烂光带,普照众生,超越时代,走向永恒。

我不知道灵魂是否如基督教所许诺的那样,可以永生不灭。但我确信人是有精神的。人类如果活在低等动物的世界,肢体只为求生而设计,嘴只用来滋养躯体,眼睛里就少了光芒,脸颊上就少了神性的光彩。人们就会感觉迷茫苦闷。人们并不因为肉身欲望的满足而满足,尘世中有诸多的人承受着精神欲望的折磨。而那些精神本能强烈且才智卓越的人们寻找到了一剂良药——可爱的艺术。艺术家的艺术创造大多是为了疗治自己的人生困惑和精神苦闷。艺术以其独特的魔力吸引着创造者与欣赏者。看似只是一些线条、色彩、音符、旋律、文字的彩纸屑,一旦装入了艺术创作的万花筒,轻轻一摇,就是一个绮丽多彩的世界,一个布满暗示、谜语、幻想、启迪、魅力无穷的世界。优秀的艺术作品总是喷薄着热情,给人以高尚和感动。人们可以从中找到人道和良知、勇毅与坚定、幸福与和谐。艺术以它独特的魅力吸引着创造者,向自己智能和体能的极限挑战。

我们的艺术家在艺术创造中找到了皈依。他们用生命和热血在艺术殿堂里为自身和人类煎熬疗救苦痛的灵药。它鼓励着人类为了幸福、欢乐、自由而乐观地生活下去,继续用理智的力量以及开阔的心胸战胜黑暗与迷茫,迎接每一天的日出与日落、每一次的花开与花落,奋不顾身地投入于自己所热爱的有益于世道人心的事业,继续梦想,继续创造,继续成为有责任于社会的人。

艺术家在自救的同时,实现了救世。

灯光,高挑精神枝头的花朵

宋词的忧伤

宋词如烟,如雾,如雨,湿漉漉地挂满了宋朝的天空。宋词网住了整整一个王朝。

年幼时,便对宋词一见钟情。在反复的阅读中,我发现忧伤和哀愁是宋词的永恒主题。宋词是一个软弱的王朝在频繁战乱的历史中集体感伤的汇合。一位又一位词人将感伤和哀愁填在人生平平仄仄的格律中。词人或许并没有比常人经受更多的苦难,但是因为他们的正直、悲悯、敏感和多思,他们的忧伤才具有了更深刻的内容。词人们以丰富的想象,精妙的比拟,清雅的文字整理着自己的忧伤,如同受伤的天鹅不忘保持自己优雅的姿态,一边流泪,一边梳理着自己的羽毛。

最先向我走来的是词皇李煜。李煜称帝时,所作之词格调并不高。后来,成了阶下囚,消极颓废到了极限,词的艺术魅力也达到了极限。"问君能有几多愁,恰似一江春水向东流。""独自莫凭栏,无限江山,别时容易见时难。流水落花春去也,天上人间。"……这些隽永的千古名句,在中国人的心里流动了千年。李煜用国家与自身的命运和精神血肉铸造了宋词的辉煌。

想起宋朝那朵卓绝一世的凄凉之花,想起了李清照。李清照是千古第一女词人,她用一支亦秀亦豪的如椽巨笔,勾画出半壁江山。她父亲的藏书将她浇灌得外美如花,内蕴如竹。她满载着少女的幸福,

亲亲麦子

涉入爱河,与夫婿赵明诚琴瑟相和。可是婚后不久,赵明诚在战乱中病亡。李清照在国破家亡的磨难中颠沛流离、四处逃亡。她将锥心蚀骨的痛苦和哀愁化为凄凉的文字。"物是人非事事休,欲语泪双流。""寻寻觅觅,冷冷清清,凄凄惨惨戚戚。"不是真正的伤心人,未到真正的伤心处,是断然写不出这空前绝后的哀婉之词的。

捧读辛弃疾饱蘸血泪谱写的词,总能清清楚楚地听到他一遍遍地哭诉,感受到他一次次地表白。他因爱国悯民而生怨,因尽职尽力而遭灾。国有危难时,招他启用,朝有谤言,又弃之一旁。这是他一生的悲剧。他徒然带着山河破碎报国无门的心病而流英雄泪:"可惜流年,忧愁风雨,树犹如此!倩何人唤取红巾翠袖,揾英雄泪?"到了"而今说尽愁滋味,欲说还休,欲说还休,却道天凉好个秋"中,已是愁到深处却无言。辛弃疾的词是正义和忠烈的化身,缘此才能燃烧,才能振聋发聩。

手执磨得起了毛边的《宋词》,我被一望无边的哀愁和忧伤包围着。逸怀浩气的东坡感叹"江海寄余生";多愁善感的柳永咏唱"执手相看泪眼";深婉含蓄的晏殊于"小园香径独徘徊";仕途坎坷的欧阳修"泪眼问花花不语";姜白石问"念桥边红药,年年知为谁生?"三百多年北宋南宋之动荡,产生了宋朝的词人和宋词。

宋词中所弥漫的无边无际的哀愁与忧伤,是"小我"之愁,亦是"大我"之愁。在国破家亡的战乱中飘泊天涯,万千愁绪哀思齐赴心头,创造了独特的而又极具普遍意义的宋词情境。缘此,引起百代之后众生的共鸣。"哀愁"的内涵各不相同,但它恰恰是人们常常产生,而且永远具有的一种感情。

情境相通的那一刻,宋词会跨越千年的门槛,跋山涉水而来,叩响我们心的弦索。

灯光,高挑精神枝头的花朵

无用即大用

"中文能制造机器吗?"

"中文能产生经济效益吗?"

"那中文有什么用?"

"无用。——中文是无用,但中文是精神,所以无用之用是大用。"

这是南大文学院院长董健教授在中文系九十华诞庆祝会上,与视中文为无用者之间的一段精彩对话。

回眸千古华夏,中文走过了甲骨钟鼎走过了竹简绢帛,终于在人类语言的星空繁衍出恢宏璀璨史蕴丰厚意象万千的方块字。中文不是机械的媒介载体,它是有灵性的生物,是不朽的物质,是思想奔流的河床,是灵魂高蹈的舞姿,是精神家园里的鲜卉。中文的每字每词都凝结着先人对已知世界的渐悟和对未知世界的哲思。中文借此超越了语言的一般功能与属性,由僵滞的文体字符跃变为鲜活的人文精神,衍生出了"富贵不能淫、贫贱不能移、威武不能屈"的气概。那种以道义抗权势的风范,那种"先天下之忧而忧,后天下之乐而乐"的胸襟,那种关心民生疾苦,以天下为己任的情怀,影响着一代又一代华夏儿女的情操。中文所蕴藏的这种广义的、极富感召力与凝聚力的人文精神如同坚定辽阔的水与土,滋养着民之魂、国之根。

中文是把握中华文化的把手。无论政治怎样改变,形态如何差异,中文,美丽而悠久的中文,是融合所有中国人心灵的长河。人以文存,文以人兴。纵观古往今来的优秀生命,一旦成为驾驭中文的高手,无一不从容地走出了大限接近永恒。众多的先哲诗圣,语若天籁,形同神灵。颠沛流离的《论语》,逍遥云游的《庄子》,君子好逑的《诗经》,魂兮归来的《楚辞》……融化在了炎黄子孙的情感和意志里。李太白的杯中酒,曹雪芹的梦中泪,唐诗魂宋词魄,功垂青史的《二十五史》……无一不在中华儿女的血液里奔腾。

在物质文明甚嚣尘上的今天,全社会以经济为中心,人们来去匆匆,为生计而奔波,为享乐而忙碌,甚至于我们的教育和文化也越来越物质化、技术化、虚假化。一些人认为,学中文无用了。中文所蕴藏的精神和信仰离大众似乎也越来越远了。责任心、使命感被抛弃,崇高的价值失去了原有的意义。天下滔滔,象牙塔一座接一座地倾圮了。一些人在无聊中快乐得够戗:眼睛享受着刺激惊险的影碟,身体享受着精致的服饰,没日没夜地欣赏着都市泡沫剧……年轻的一代在追星中迷失了自己。

许多有良知的文人学者都在深刻思索:怎样才能使人的本性不被物质科技同化?如何才能保证人们不会被物质异化为空心人、物格化人、电子化人?重新打理文化基座,提升失落的人文精神已迫在眉睫。中文所恪守的不正是精神和信仰吗?!中文以心会心,以精神对精神,以灵魂征服灵魂,教会我们一边劳作,一边歌唱头顶的星空。

中文的繁荣与凋落,是关系到一个国家、一个民族的大问题。一个民族丧失了自己的土地是可怕的,更可怕的是一个民族丧失了自己的文化身份,丧失了自己的灵魂。

守住中文的血脉,就是守住华夏民族的命脉!

灯光,高挑精神枝头的花朵

浩然之气

万物阒寂的静夜,挑一盏灯读《孟子》。

公孙丑问:"敢问何为浩然之气?"孟子道:"难言也。其为气也,至大至刚,以直养而无害,则塞于天地之间。其为气也,配义与道;无是,馁也。行有不慊于心,则馁也。"读到此处,心海激起经久不息的波澜。

浩者,白也,乃天地之气。浩者,盛大且刚直;然者,自然而然也。自然而然乃发于真心也。气为精神也。孟子用形而上与形而下兼有的概念表达了一种蕴涵于天地间,能使万物运动变化生生不息的能量。这种能量称之为"气"。一元之气,催生万物,日升月隐,潮涌波平,鸢飞鱼跃,草长花开。万物周流运转,生生不息。人类本源于天地,秉天地万物之灵气,故而天地精神乃人之精神之源泉与内核。天地之气与人体之气相通,从而转化为人的思想、行为和精神。人类以自己的思想与行为实践天地之精神,与天地精神相合,此乃浩然之气之根本。

浩然之气是从凝聚着正义与道德的生命个体中产生出来的。它是大义与大德造就的一身正气。一个人有了浩然之气作为人格底蕴,就能从道义上明白生命的价值与意义,获得最大的坚强与最大的从容。这是靠躯体的耐力和感情的倾注所无法达到的,理性的力量就像轨道的延伸一样坚定。此乃富贵不能淫,贫贱不能移,威武不能屈之

亲亲麦子

根本。

　　走笔至此,一个不朽的生命越过漫长的历史,越过浑茫的旷野和喧嚣的都市昂昂而来。他用热血、笔墨乃至珠玉之身注解了"浩然之气"一词的真正内涵。在生死存亡的危急关头,他坦然选择了与国家与民族共存亡。他让自己一腔忠烈呼啸而出,化作黄钟大吕的绝响——"天地有正气,杂然赋流形。下则为河岳,上则为日星。于人曰浩然,沛乎塞苍冥……"以满腔热血和毕生精力写就光耀千古的《正气歌》。这就是他——文天祥。浩然之气寄寓于宇宙间各种不断变化的形体中,在大自然是构成日月星辰山川万物的元气;在国泰民安之时,外化为祥和之气;而在国家民族处于危难关头,则表现为仁人志士宁死不屈的气节。正如李泽厚先生所言:"这是两千年来始终激励人心、传颂不绝的伟词名句。它是中华民族特别是知识分子的人格理想。"

　　从孟子到文天祥再到近代以来的无数仁人志士,他们用惊天地、泣鬼神、辉映千古的"浩然之气"铸造了我们民族的脊梁。这种决绝、壮烈和高旷的精神永远鼓舞着世世代代的人们抛弃苟且偷安的日子,憎恶醉生梦死声色犬马的生活,憧憬圣洁而高尚的人生目标,竭力为人类的迈进作出自己的贡献。

　　苏东坡在潮州韩文公庙碑中言:"浩然之气,不依形而立,不恃力而行,不待生而存,不随死而亡矣。故在天为星辰,在地为河狱,幽则为鬼神,而明则复为人。此理之常,无足怪者。"苏东坡与天地精神往来。他以天地为心,以万物为友,以人间哀乐为怀。他获得了与宇宙相对称的灵魂。他周身充沛的浩然之气不可抑制,发之为美轮美奂的绝世妙文。一个仲夏之夜,清风自江面徐来,水光与雾气相接,东坡与友人就着月光饮酒赋诗。有箫声传来,如慕如怨,如泣如诉,余音袅袅。东坡的心灵超越并解脱于世俗功利的羁绊。水月交辉的优美、宁静、和谐在月光与波光的默契中而又不期然地浸入了诗人的性灵。和

灯光,高挑精神枝头的花朵

谐的诗意从他的思想深处鼓胀开来,成为艺术审美的至高境界。东坡顿悟:宇宙之中,物各有主,把不属于我们的据为己有,又有何用？唯江上之清风、山间之明月,取之不尽,用之不竭。那一夜的月光给百代之下的芸芸众生多少精神上的抚慰呀！体悟天地万物间的生命存在,认同宇宙生命,从而使自我的生命得以净化,提升性灵,实现生命的真正回归。这就是东坡的"浩然之气"对于生命的观照所达到的最高审美境界。

人类诗意的本质不会泯灭,人类的灵魂亦永远期求着升华。浩然之气维系着人类最美的文化艺术和最圣洁的精神,向失去信仰的、迷惘的人们发出友好而亲切的呼唤。它是我们最后的"精神依恋之乡",是我们生命的源泉。

思想的树叶

思想的树叶

单　纯

"单纯"二字是我心中所能作出的对人的心灵境界的最高褒评。简单、清澈、纯净即是美！朴实、坦诚、执着即是美！拒绝了复杂、浑浊,不掺杂质即是美！质地洁丽、厚重的人生肖像靠单纯的心灵来奠基。

心灵的单纯可以分为两种:一种是原始的单纯,一种是超越的单纯。儿童的心灵具有原始的单纯。人在童年时是天真的、纯粹的、梦幻的、艺术的。可以说,童年所赐予我们的幸福、勇气、鼓舞和信心……童年所教会我们的高尚、正直、善良和诚实,比人生任何一个时期都要多得多。人在童年时期,敢于参天悟地,没边没沿说些同无限相关,连后世哲人都不敢说的话。人类的童年时期就成批诞生了后世极难比肩的伟大哲学家、艺术家。

岁月像筛子,会把每个人的童年筛得流离失所。人成熟了,在五迷三道动机深藏的社会交往中,学会了欺骗、撒谎、虚与委蛇等技巧。身体扩展,年轮添加了,反而灵魂萎缩,人格矮小了。丢失了生命最初的纯真、善良的本性。童年时单纯的心灵宛如一粒花粉,却在无意的"成长"中被世俗经验这只蟑螂拖走。"成熟"的过程就是一个不断地交出生命中天然美好元素和纯洁高尚品质,去交换成人世界的生存经验、技巧和某种策略的过程,就像一个单纯的天使,不断掏出衣兜里的珍珠,去换取巫婆手中的玻璃球。

在使人性复杂化的社会领域中,有一些精神本能强烈的人,在丢失了原始的单纯之后,却能获得超越的单纯。古今中外精神上圣人、哲人,他们的心中都充满了丰富的情感、思想和体验,但其心灵世界的核心始终是单纯的。他们的心灵永葆儿童的单纯。他们在精神渴望的支配下,被一切精神事物所吸引,寻觅能够满足自己精神需要的东西。缘此,他们简化社会关系,节制人际交往,从浮嚣尘世抽出身来,穿越世俗社会的壁障,朝着伟大的精神目标奋进。

我仿佛看到灯光摇曳中蒙田独坐桌前苦思冥想启示人类的"随笔";弗洛伊德倾尽毕生心血为人类写出了探索心灵奥秘的皇皇巨著;巴尔扎克为人们描绘人间画卷;梵高饱蘸笔墨在画他含蓄多姿的向日葵;贝多芬在谱写使人壮怀激烈的《命运》。这些当之无愧的珍宝都是单纯的心灵结晶体。

清朗明亮如蓝天丽日的莎士比亚的语言;洋溢着浪漫气息,读来齿颊生香的唐诗宋词;或而精辟犀利,或而含情脉脉的元曲。这些都是绽放在单纯心灵上的五颜六色的百合。

在纷纷扰扰琐琐屑屑的日常生活中,在酒绿灯红物欲横流的滚滚红尘里,我常常通过艺术会晤那些单纯的心灵。这种会晤能为我提供精神上的幽静与清凉,能在顷刻之间把我带到田园,带到山林,带到江海,带到不必受人情与物欲困扰的无拘无束的天地。我的心灵与自然、宇宙、天地间的万事万物合而为一,心湖一片澄明,万物的影子投映其上。我静静地倾听着心灵深处那一片圣洁的和音。

单纯的心灵是精美的。世间一切精美之物都来自精美的心灵。

思想的树叶

在水的光芒里行走

　　如同世界因生命而鲜活,天地因水而灵动,万物因水而滋润,人因水而含蓄而奔放而深沉而崇高。水使我感到亲切。我的性格中有清澈纯净的成分,那是水给我的。在我心中,水是圣品。

　　我在水的怀抱中成长。家居的村庄有几条小河纵横其间,河水四季长绿,绿得晶莹,绿得柔嫩润滑。这经过千万重沙石过滤的水,不沾任何杂质和尘屑,清澈透明,鱼虾虫草毕现。这穿越密密树林,垒垒石块的水,欣欣然来到这安详的田园世界,把村里大片大片的土地润泽成膏,把种子育化成苗,也把村民的心灵洗涤成不沾惹尘埃的明镜。我爱独自一人环河而行,听任缓缓河水流淌,那平静中娓娓的声音浸润我的身心。清澈的河流从青石上滑过,从绿藻间拂过,也从我的心田里流过,聆听水的清音纯洁我混杂的心灵。

　　河流上游的湖曾经润泽了我的童年。无数次临湖而立。水波不兴,粼粼绿波像丝绸上的细纹嫩绿光滑。仰望天空,云朵悠然地飘移;俯视湖心,天光的投影,云影的徘徊,绿树的身影倒立在湖里。没有太湖或淡或浓的墨痕,也不像西湖每一寸水波上写满平平仄仄的诗句,它的本相就是那么一大片碧水。但那湖明心见性的清凉从我清澈迷茫的眼眸流进微微开启的心灵,丝丝缕缕生命的困惑奔袭而来:关于生命易逝,关于岁月无痕,关于宇宙无极的茫茫思绪潜滋暗长。湖水

171

无语,我亦默默,只有无边的宁谧与清浅的忧郁。

仁者乐山,智者乐水。水之所以能给人带来智慧与快乐,就因其流动畅达喜融合而富变化。水玲珑剔透清丽的时候凝结成冰,水轻柔润滑的时候流淌成溪,水出神入化奇妙无比的时候化为蒸气,水惊心动魄辉煌壮观的时候挂成瀑布。水因势而赋形,汇成大江则成磅礴之势,流入小溪则起伏跌宕。落差扬瀑,击石溅珠,拍岸撕絮。水时而如奔马在振鬣奋蹄,时而如飞絮轻飚,时而悬壶倒注,时而潭里回旋。水是妩媚的绵长的温柔的,水也是韧性的雄豪的刚烈的,它呈现了大自然的神韵。

水,这一原始而鲜活的意象在中国文化里传承继递,它在文化系统中是一个特殊的密码。水是一个富有诗意的语词,含纳了深层的哲学意味。孔子凝望着泗水的绿波,意味深长地说:"水奔流不息,是哺育一切生灵的乳汁,它好像有德行。水没有一定的形状,或方或长,流必向下,和顺温柔,它好像有情义。水穿山岩,从无惧色,它好像有志向。万物入水,必能荡涤污垢,它好像善施教化。由此看来水真是君子啊!"老子在《道德经》里说:"上善若水,水善利万物而不争。"长铗陆离的屈子在江畔仰天长问上下求索,汨罗江的水承载了一个珠玉之身一颗升腾的诗魂。水成了中国文化中一个具有涵概一切意象的符号。《诗经》、《楚辞》里有水,唐诗宋词里有水。《前赤壁赋》里有水,《荷塘月色》里有水,沈从文的每篇作品里都能读到水。李白曾长吟"黄河之水天上来"。水在哪里?水在天上,水在云上,水在每株小草尖上;水还在每株树每丛灌木叶片里,在蜻蜓点水的尾巴上,在蝶闹蜂舞的花香里;水更在人类视野高远的胸怀间。

逝者如斯夫。芸芸众生都活在水中,世人当以水的德行为楷模,在水的光芒里行路。

思想的树叶

鹰 的 启 示

我曾经被一幅名叫《拿破仑在圣·海伦娜岛上》的油画深深地震撼。画中两手叉腰披头散发地站立于海岛边悬崖上的拿破仑与一只低低飞翔的鹰遥遥相望,彼此相伴。鹰仿佛就是拿破仑的影子,或者说拿破仑就是鹰的影子。夕阳下的大海波涛翻滚。此情此景,会使人想起《命运交响曲》开始时那悲壮有力的敲门声。

在多种形态的生命内涵中,鹰选择了孤独,选择了特立独行。传说鹰是天神的使者,站立于天神的肩上,代表着天神的意志巡视大地。鹰高高地翱翔在天空。大地在它的脚下无边无际地延伸,天空在它的翅膀上无始无终地浩荡着。

世人皆赞叹鹰矫健强悍的雄姿,却很少去想鹰是怎样练就了短小而尖利的喙、强健的翅膀和锋利的爪子。鹰的前生是一种普通的鸟。它们因长着尖而长的喙而被称为长喙鸟,生活在一座只有蒺藜树的孤岛上,靠啄食蒺藜的果子为生。就像人有高矮之分一样,长喙鸟也有生来就是短喙的。喙长的鸟可以凭着自身的优势,吃着蒺藜的果子,自由自在地生活。而短喙的鸟一出生就被判了"死刑"。每时每刻都有喙短的鸟因无法啄食蒺藜果而饿死。有一天,有一只短喙鸟眼睁睁地看着自己的同伴饿倒在树下。见此,它伤心地飞离了生它养它的孤岛,寻找新的生机。就在它饿得头晕目眩奄奄一息的时候,它啄食了

173

一条在浅海里游动的小鱼。虽然它恶心得想吐,但是求生的本能迫使它将小鱼咽了下去。渐渐地,它觉得小鱼的味道其实挺好。此后,短喙的鸟纷纷效仿,从此得以生存。而长喙鸟随着蒺藜树的消失永远消失了。短喙鸟不仅去海里捕食鱼,而且还捕获别的动物。若干年后,短喙鸟成了飞禽中的强者,它的名字就叫鹰。它那锐利的短喙是在与猛禽血肉飞溅的搏斗中磨练出来的。它那强劲有力的翅膀是被恶劣凶险的环境强化出来的。它那尖利的爪子是长期与走兽惊心动魄地厮杀的结果。这一代代艰辛的生存记忆,已经衍化为一种基因,潜入了鹰的骨血里。缘此,它们才具有如此强悍的性格与非凡的精神。一代代短喙鸟的坎坷的命运,磨砺出了英勇强悍的鹰。

休憩时蹲着的鹰,总是歪着脑袋,双目炯炯发光,仿佛在思考着什么,就像一位沉思的哲人。飞翔时,它开始总是低低地飞,一圈一圈地盘旋着,用整个身体在天空中画出一个又一个黑色的圆,仿佛在积聚着力量,渐渐地越飞越高,只剩下一粒黑点,融入了天空。倘若它发现了猎物,便一圈一圈地盘旋着向下飞,像天网一般一点一点地靠近地面。当它准备俯冲时,突然间停止飞翔,身体像闪电一般快速地翻身,像一把利剑一样发出金属的"嗖嗖"声,垂直击中目标。啄食完毕,又盘旋着高高地飞入苍穹。

生于忧患,死于安乐。这是鹰给人类的启示。倘若不思进取,哪怕家财万贯也会挥霍一空。反之,即使一贫如洗,只要有一颗坚强不屈的心灵和勇于开拓的精神,也会成为生活的强者。一个强者应当拥有的品质——刚强、坚韧、适应、忍耐、奋进与自强,鹰全都具备。这也是人类应该具备的优秀品质。

思想的树叶

心存感恩

  我们身处的社会迫切需要一场爱心教育、感恩教育。感恩是对他人恩惠、仁爱之举的回报。万善恩为先。它是人类的本性。感恩是一种美好的情感，是心灵的净化剂，是学业和事业的内驱力，是人性的高贵神圣之所在。

  身体发肤受之父母，对父母怀感恩之心，就常有孝行。父母给予我们生命，把整个世界馈赠给我们，还有什么比这更珍贵的礼物呢？父母的爱，是人世间永恒的最为宝贵的真情。父母的养育之恩，如涓涓细流，流过一天一天的光阴，流过八千里路云和月，汇合成似海深情，深广而厚重。父母是我们生命中的保护神。有雨的日子，父爱是头顶上空的那一把伞；流泪的时刻，母爱是拭去泪珠的手帕。有了父爱和母爱的佑护和辅佐，我们才有勇气和力量鼓起生命的风帆，迎接命运的挑战。对父母心存感恩，才能在把自己的小家装修得金碧辉煌的同时，不忘去看看父母的老屋漏不漏雨；在与友人举杯共欢之后，不忘打个电话陪父母聊聊天，排遣他们的寂寞；在用漂亮的时装包裹自己的同时，不忘为父母选购一件衣衫一双鞋。

  人活着，就是为了和他人互惠共存。孔子对"仁"字做了很多解说，但他回答樊迟的话却精炼地指出了"仁"的核心就是爱心。人生漫漫之旅中，我们得到了爱的浇灌。饥渴时陌生人施以食饮，困惑时恩

亲亲麦子

师指点迷津,误会时伴侣给予理解,失望时朋友馈赠激赏。我们要感激的人太多太多。农民为我们种粮食和菜蔬,清洁工为我们扫除杂物,园丁为我们培育鲜花……滴水之恩,当涌泉相报。投我以木桃,报之以琼瑶。在别人遇到困难时,我们应当伸出援助之手;与他人发生矛盾时,要怀揣宽容,多从别人的角度给予谅解。宽容是感恩的一种高级境界。首先应该宽容自己,关爱自身,不要拿自己和别人的错误惩罚自己。其次要宽容他人,宽容我们的邻居、同事、亲朋。一个人唯有懂得感恩,才能赢得友谊,收获真爱,拥有幸福美好的生活。

当我做完一件具体的事情,以全身心放松的姿态活动筋骨时,我总会想起这句话:工作着是美丽的。对我们的工作和事业怀感恩之心,感谢单位为我们提供了施展才能和抱负的平台,感谢领导的信赖和重用,感谢同事伙伴的合作与支持。除了工作,我们的生命会变得多么空虚和无聊。对工作怀感恩之心,就会忠诚敬业,勤奋上进,事业就会有所发展,从而最大程度地实现自身的价值,取得成功。这是双赢法则。不要总是抱怨这个社会冷落了你,而要多问问自己为社会创造了什么。

对生命,对生活,对大自然,对一切美好的事物都要心存感恩。感谢上苍给予我一双能聆听音乐和天籁的耳朵,感谢上苍馈赠我一双能够欣赏五彩斑斓的大千世界的眼睛。拥有健康的体魄,快乐地生活着,我感觉自己真的罗江很幸福。无论生活是如何的卑微和贫穷,请不要抱怨生活,而要热爱它。在热爱的同时多做一些努力,使自己的生活变得更为美好。大地厚德载物。仁慈的大自然为我们提供了山河日月花草树木飞禽走兽,愉悦我们的耳目,滋养我们的肉身和灵魂。阳光唤醒清晨,月色浸染夜晚,鲜花开满窗前,泉水在林中潺潺流淌……大自然无微不至地关爱着呵护着人类,对大自然心存感恩,就要以朋友的心态与大自然和平共处。

思想的树叶

　　感恩如同供奉在心灵圣殿中的灯盏,它的光芒足以照亮尘世的阴暗。感恩是心壤中的养分,能够滋养仁爱的种子,使其绽放真善美的花朵。人类生活的最高点就是自爱与爱人。心存感恩,就能做到人人相爱,生生相谐。

亲亲麦子

千古明月心

  世间唯有神奇朦胧的月光能将一切事物加以诗化。月光长途跋涉而来，也许就是为了雕塑我们。它以亘古如斯的皎洁之光反复地浇铸，使人类万物更美丽更澄澈。

  月亮的清辉可以擦亮少年黑色的眼睛。在蛙声和虫吟织成的宁静里，月光渐渐浮了上来，挂在树梢上。长空里，纤尘不染，月亮看上去湿漉漉的，仿佛刚出浴的仙子。乡村的轮廓在月亮淡淡的清辉里模糊着，附近的庄稼呈现出素描的静态。不知有多少个这样的夏夜，我躺在院内梧桐树下的木板床上，身体和天空平行着望月亮。梧桐树冠撑开的伞差不多罩住了半个院子，但遮不住月亮。月亮升起来的时候，梧桐树就小了。我从叶隙间看到的是不规则的月亮。那不要紧，只要我侧转一下身子，或者有微风拂来，眨眼间，那叶子又翻开了月亮，像冒出一个硕大的果子。静谧中，树叶发出轻柔舒缓的声音似鸟羽擦过天空。茂盛的枝叶间一串串宛如紫色铃铛的花朵散发着幽香，恬静而又芬芳。一些丝丝缕缕的触角，很纤细地伸入我的意识中。月亮在云朵里穿行，梧桐树跟着旋转起来，我大睁着眼睛却不知道自己悬在哪里。我之下有枝枝杈杈的月色，我之上有梧桐，梧桐之上有月。这样美好的重叠，一生中能有几个瞬间？

  月光与我如影相随。我拥有它们，拥有别人无法知晓的隐秘的欢愉。这让孤寂的我有了与世共存的依靠。月光也给了我内心最深的震撼。那年西子湖畔，我第一次在月白风清之夜欣赏水月交辉的景致，皓月当空，清光万斛。一个清辉四溢、如梦如幻的银白世界，冰雪般洗濯着我的眼目。一种从灵魂深处荡漾出来的透彻的激动使我一时找不到任何感觉，似乎自己也表里俱澄澈，肝胆皆冰雪。独立湖畔，放眼满湖无尽的清辉，我分不清眼前到底是粼粼波光在闪耀，还是一湖月光在涌动。朦胧中恍惚听见湖面有流动的月光与盈盈的湖水在嘁嘁私语。悬挂在中天的这一轮明月，唐宋时就照耀过西湖的明月，依然那么清澈明亮。它千里迢迢、穿风破云，将圣洁的辉光慷慨地泼洒在烟波浩渺的湖上，为的就是要与之做一次心心相印的长谈，将一腔心曲向西湖倾诉。

我所仰望的明月，在五千年历史的天空中游弋。它越过秦汉，越过唐宋元明清，在滔滔的长江里浸洗过，在滚滚的黄河里沐浴过。多少人的目光和灵魂被它朗照？李白说："今人不见古时月，今月曾经照古人。"张若虚说："江畔何人初见月，江月何年初照人。"苏东坡说："明月几时有，把酒问青天。"月光在李清照的词里平平仄仄地吟诵；月光在阿炳《二泉映月》的弦上流淌；月光蘸着花香在朱自清先生的荷塘上空朗照……我们托着月亮，一步步向岁月纵深处走去，心灵渐渐地沉甸甸起来。这一轮照耀尘世的千古明月，大抵是人们思绪、情怀难以排解、释然的时刻所寻觅的知音吧。今人古人不谋而合，向明月倾诉心曲，向明月借光，向自己借光。月光是诗意的，也是哲学的。我们偎在月我交融的怀里取暖。

月亮是心的影子。它完全可以成为我们的襟袖之物。我们的心壤承接了哪怕是一小寸神异的月辉，也定然会无比地澄澈清明。揣着月朗月润的心情，人生之旅才能形成绝佳的风景。

亲亲麦子

走进心灵的圣殿

这是一段我所见过的最美的语言,也是我所读过的最摄人心魄的对话。走进它,就走进了一座心灵的圣殿。

蜷川新左卫门是一位写韵诗的诗人,也是忠实的禅的热爱者,他希望成为著名禅学大师一休的门徒。一休是坐落在紫野——紫罗兰色的田野——大德寺的住持。

蜷川拜见了一休,在寺庙门口他们进行了这样的对话:

一休:"你是谁?"

蜷川:"佛教的忠实信徒。"

一休:"你从哪里来?"

蜷川:"你的地方。"

一休:"这些天来那里正在发生什么?"

蜷川:"乌鸦呱呱呱,麻雀喳喳喳。"

一休:"你认为你现在在哪里?"

蜷川:"在一片深紫罗兰浸染的田野里。"

一休:"为什么?"

蜷川:"紫罗兰花,晨光青花,千红花,菊花,紫苑满天星花。"

一休:"那么,它们谢了之后呢?"

蜷川:"是宫城野——一片秋花盛开的田野。"

一休:"在那片田野里发生了什么?"

蜷川:"小溪流过,清风吹过。"

惊讶于蜷川禅一样的语言,一休引他进了自己的房间并给他敬茶。然后,一休即兴说了一首偈:"我想款待你美味佳肴/哎!禅宗什么东西也拿不出。"蜷川随即应对道:"那用'无'来款待我的头脑,就是本来的空/它是美味佳肴中的美味佳肴。"

一休大师被深深地感动了。他说:"我的孩子,你已经学到很多了。"

灵魂的相吸相知是人之生命最美的获得,两位先知灵魂的相遇碰撞的光焰辉映着我。在读完他们对话的那一刻,我与对话者同时消失在了"无"中。蜷川是一位有着高深的理解力和灵性的诗人,真正的诗人并非懂得怎样使用语言和语法写诗的写作家,真正的诗人是一位翻译家。当诗人自我完全不在的时候,他的心灵被某种不请自来的东西充满,一缕清新的微风吹进他的心灵,他把这缕清风翻译成雅致的语言翻译成隽秀的文字。诗歌不是一种思维,它不在头脑里。诗歌是一种感觉,在心灵里诞生,诗人是以心灵为生的。

人们习惯于用头脑指导人生,而头脑的本性是不会对某件事百分之百地肯定。头脑不断地讨论、思考、怀疑,用积累的知识和经验创造出一个个逻辑的保护层。头脑整日盘算着名利得失、荣辱祸福。缘此,头脑总是处于支离破碎的分裂状态,用头脑思考人生的人不免陷入分裂的痛苦之中;而心灵是完整的,心灵是不会分裂的存在。

心灵的圣殿里供奉着真、善、美和爱,它是尘世的天堂。走进心灵的圣殿,你会发现:一曲古典音乐,一段古老的扑朔迷离的城墙,一间充满墨香的书屋,一次徒步郊外的旅行,甚至于一个孩子唇边绽开的微笑,一朵鲜花,一片绿叶——都会让我们深深地玩味和沉思。它让你感受到自然万物散发的圣性,心中升起一种真正的崇高和美感。那是心灵与万物相联,与天地结合的产物。它让你收获到一种生命真正的神性和幸福的感恩。

　　走进一休和蜷川对话所砌成的心灵的圣殿中,我读懂了人、心灵和万物之关系的绝妙论说。它宏大而落实于方寸,它不在心外寻找天地,也不在天地之外寻找内心。天地万物即心,心即天地万物。溪流在怀,清风在怀,深紫罗兰沉浸的田野在怀;尘嚣纷扰沉于碧水,名缰利锁焚于净火,忧愤悲怨被清风吹落,我的心灵变得无涯无际的宽广。正如蜷川所言:"那用'无'来款待我的头脑,就是本来的空/它是美味佳肴中的美味佳肴。"

初　心

　　素来以为，生命的本相不在表层，而在极深的内里。这个内里蕴藏着初心，初心是灵魂生长的源头。圣埃克絮佩里创作的童话中的小王子说："使沙漠显得美丽的，是它在什么地方藏着一口水井。"初心就是人生路上这样一口水井，携带着初心走人生之路的人是幸福的。

　　像一切美好的事物一样，初心也是上苍馈赠给每一个个体的神圣礼物。它不是人类思维的产品，而是天生的内在的美好品格。它多多少少是一般人类生来就有的，但是有的人得到得多，有的人得到得少，有的人参透的范围很深广，有的人只分得一处狭小的角落。

　　我很难用文字界定初心的元素，只能聆听它从灵魂深处传来的呼唤，透过直觉去感知它的存在，并且试着用文字为它的光影造像。

　　第一次抚碰初心的触角，是在一节课上，像往常一样，我目不转睛地注视着小青老师。她绾着发髻，露出光洁美丽饱满的额头，穿一袭蓝得像天空大海一样的蓝旗袍，肌肤清澄如玉，说起话来像小溪潺潺流过竹林。我常沉醉于她如檐下风铃一样叮当摇曳的话语，而忘了课里的内容。可是那节课上，我清楚地记住了她所说的内容："孟子说，如果有人看见小孩掉入井里了，不论是谁，都会惊呼骇叫，生起恻隐之心。这不是想和孩子的父母拉关系，也不是想在乡邻间博得见义勇为的虚名，更不是因为讨厌孩子的哭喊声……那么到底是为了什么呢？这是因为人人都有恻隐之心。""这种恻隐之心就是人的最初一念之本心，由此可见，人性本善。"我的心壤从此播下了初心本善的种子。

总是在无法预知的时刻，我一次次邂逅初心，身入化境，沐浴着神性的光辉。夜朗风清之夜，月莹莹汪汪地泻进一方皓白的清辉。那清辉先是幽幽地泻了临窗的一桌，继而漫漶到了床上、几上，将堆叠在床头的书、笔和蓝格稿纸濡染成一片雪似的洁白，清清幽幽中有花香淡淡袭来。我用意念的指尖轻轻悄悄地剥落一瓣一瓣一朵一朵心上的茧花，让最初的心重归于真实血肉的温润鲜活。

初心像含有神性的水晶球。它唤醒了我们对生命的原初印象，唤醒了体内某种沉睡的细胞，让我们看清了美，看到了爱和梦想。我时常静静地坐在林中的草地上，试图与一株树一棵草一朵花对话，试图与一块石一泓泉一粒沙交谈。我在心里分享它们的快乐。草地空阔，空气清冽。我经历着芬芳、鸟鸣和喜悦。这样的时刻，一瞬就是一生。

初心是天下至文的源泉。我时常在书页间触摸到初心的脉搏。初心在少数具有卓越创造才能和高尚人格的心灵里获得重现。这些具有强烈而高尚情感的人们，用他们天才的文字把我带进一个远离世俗的世界，唤起我内心深处一些新的东西。我从中既听到了上帝的脚步声，也听到了自己的脚步声。他们用心灵的吉光片羽试图托住堕落的尘世。这需要天使般的初心和上帝的仁慈，以及人间最崇高的爱的力量。

只有人的灵魂才能放射出瑰丽的初心的火花，照亮总是浸泡在名利、权势和金钱中的生活，获得自由和幸福，在心灵中找到尘世的天堂。澄澈鲜泽的初心是美好人性的主要元素，人类的生命需要初心的滋养。

思想的树叶

清洁的精神

很喜欢"清洁"一词,觉得有一种清清爽爽、凉凉净净的感觉。细细琢磨,这个词颇耐人寻味。"清洁"二字都是"氵"旁,表示我们的心灵需要接受水的洗涤才能变得洁净。

普里什文在《一年四季》中写道:"人身上包含有自然界所有的因素,如果人愿意的话,他可以同他之外的一切生物产生共鸣。"我长久地含咀这句话的意义,流闪的水波使我在写这篇小文时思维变得连贯、流畅。自然界中水的不同形态与清洁都有着千丝万缕的联系。清洁是大自然的外在生命形态。坐在屋檐下看雨,雨声淅淅沥沥,润泽绿树繁花,点点滴滴洗却尘世的劳顿与浮躁,神思澄澈轻灵直入雨的晶莹。雨后的大自然纤尘不染,犹如一本刚打开扉页的新书。天空飘着雪花,心被一种"踏雪寻梅"的浪漫膨胀着,犹如揣着一缕缕暖暖的阳光在雪地里行走,聆听脚底下发出"咯吱咯吱"的声响。花开雪野,白雪红梅,晶莹剔透,充满生趣。心境亦如这眼前景致一般纯洁而明净。神奇之水曾经给予我一条条闪闪发光的道路。童年的乡村阡陌之上,鲜嫩的绿草,清脆的鸟鸣,星罗棋布的繁花,皆佩戴着闪闪发光的露珠首饰,为我铺就一条条纯净得胜过童话的道路。走在露水铺就的道路上,我的童年如水晶般透明。深沉湛蓝的大海是诸多水源的有序组合。有容乃大的海像个修养颇深的哲人贤士,恬静地聆听着大地

185

万物无言的诉说,观赏着日月星辰、风雨雷电的变幻。它以澄澈洁净的生命之水将大地滋润得五谷丰登、百花竞艳。泉水从地层深处涌出来。为了保持自身的清澈,它不舍昼夜地潺潺流淌。我在一阵雨一滴露一片雪花一泓清泉中看见了清洁的模样。

清洁,其实是存在于我们血液中的一种有着极强的生命力与穿透力的基因。中华民族始祖诞生之际,高尚的清洁精神便与其结伴而行,数千年来血脉相传。清洁是一种内蕴丰富的修养。它是我们心灵的过滤器,能够将灵魂中那些带有污染性、火药味的杂质悄无声息地滤去。清洁的心灵孕育了清洁的诗文。宋代的周敦颐在《爱莲说》中表明心迹:"予独爱莲之出淤泥而不染,濯清涟而不妖。"以洁净之莲喻清洁的性灵。静坐于窗前,读苏轼的《记承天寺夜游》:"怀民亦未寝,相与步于中庭。庭中积水空明,水中藻荇交横,盖竹柏影也。"我的心灵顿时安静下来,舒展开来,不愠不躁,素心如简。表里俱澄澈,肝胆皆冰雪。这同样是一种心灵的净化。这些代表人类良知的圣贤,时刻劝告人们要淡泊名利,守住灵魂的家园。

追求清洁,就是追求一种人生哲学,追求一种生存方式。《史记》注引皇甫谧《高士传》记载了尧舜禅让时期的一位名叫许由的圣贤。许由因帝尧欲以王位相让,便逃遁至箕山,隐姓埋名。尧执意让位,紧追许由不舍,求他当九州长。许由推辞不从,且认为此事脏了自己的双耳,以此为奇耻大辱。他奔之河畔,以清水濯耳。在这个物欲膨胀的时代,许多人在不择手段追逐功名利禄的同时,心灵变得浑浊,完全迷失了自己。追求清洁,就是追求一种高尚的人格。高尚的人格不仅仅表现为独善其身。当清洁的人格遭遇到虚伪和黑暗时,会拍案而起,摧枯拉朽。铁骨铮铮、英雄无畏的气概,足以把世间阴暗的事物击垮。鲁迅先生为我们矗立的是一座人格的丰碑。他手中的笔是投向黑暗社会的匕首。他创造的刺客形象"眉间尺",即使在滚滚的沸水中仍然追咬着仇敌的头颅。他以清洁的魄力讨伐黑暗的世界与不义的伦理。

清洁是善良、仁爱、正直的心灵的自然涌流。两袖清风、一诺千金、舍生取义、铁骨铮铮、浩然正气……这些注解"清洁"的熠熠词汇，经过仁人志士的热血浇灌之后，铸入了中国人的精神血脉，烛照众生。枕石梦蝶的庄周，泽畔行吟的屈子，诗国圣哲杜甫，留取丹心照汗青的文天祥，精忠报国的岳飞，鞠躬尽瘁的周氏恩来等先贤圣哲，都一一以清洁的形象显形问世。畅想他们的生平事迹、人品境界，会不由得被其熏染。追求清洁的精神，就是要在尘世的喧嚣中，依然保持一泓清水的情怀。

亲亲麦子

和 谐 至 美

大自然是以丰富多彩的形态到来的上帝。它是多重世界的化身，是多重暗示的组合，集美德和智慧于一身。大自然以其特有的诗性、神性、智性净化着被人类污染的人性。大自然一直在拯救着这个世界。

魏茨泽克说："大自然不是精神，但是它有精神，表现于自然的丰富形态中。"大自然精神的精髓是和谐。当自然与人类融为一体时，人类的精神才能与自然的精神接通，人类社会才能实现和谐。

大自然是人间最美的画卷。大地、阳光以及草的清幽，树林的清新，花朵的芬芳，巍峨的青山，清澈的河流。大自然不语不行，但它处理山河大地飞禽走兽风云雨雪雾之间的关系都比人类更深入更和谐。

大自然是丰厚博大智慧仁慈的。它不仅是人类家园物质生活的依存，而且还是人类精神生命的孕育者。大自然中蕴藏着人类崇高精神的智慧之泉。科学和艺术、哲学都是人类感悟了大自然的灵性之后才创造出来的。启蒙贝多芬音乐灵感的不是老师，也不是钢琴，而是静夜中的声声马蹄。贝多芬汲取大自然的天籁，以其独特的创造力，把梦幻、痛苦、欢愉融入音乐。他关于和平友爱的观念理想在音乐中得到了最充分的表现。轻灵的音乐如同细雨滋润心田，催生出郁郁葱葱的心苗。大自然具有强大的哺育功能，催生一切有艺术才智的人攀登顶峰。如果没有湘西的奇山秀水,能有沈从文先生笔下的《边城》吗?!如果朱自清没有钟情于莲叶荷花的经历,能有优美的《荷塘月色》吗?!艺术珍品无不来自于人类心灵与大自然的重叠之处。只有深入大自然的心灵深处,才能领悟到生命的真谛和精神。

人类终于发现光靠物质和名利,已不能保证人生的幸福完美。人类终于明白,人性的最高实现就是根据内在法则来建立自己的生活。社会的和谐取决于构成社会的人的和谐。而一个人的和谐存在,取决于构成人的诸要素之间的和谐。自然属性、社会属性的力量扭结拉扯筑造着人的心灵。日愈严重的贫富分化,物质与精神的不平衡,表现为社会的失序和公德的沦丧。人的心灵不洁净、不和谐,构建和谐社会谈何容易!人与自然各自独立,又共同构成一个整体。和谐有序是人类生存的最高法则和终极信仰。人与自然的和谐,人类自身的和谐,人类与自然联手才能创造一个审美的、诗性的、美好的世界,人类才能真正沐浴着和谐的曙光。敬重和热爱我们的大自然,沉醉于大自然中的美,并且从大自然的美与智慧中提炼出文化艺术,使之从艺术殿堂降落人间,成为一种国民素质。康德的哲学是德国中学生的必考教材。而我们的中学生对哲学知之甚少,谈论更多的是电脑游戏、狂热追星。并非每一个公民都能读得懂深奥的哲学经典,但代表着人类智慧的理性的生活准则,却能化为一种道德律深入人心。

重返自然,人与社会、人与自然、人与人之间才能合奏出响彻长空的和谐之音。

亲亲麦子

思想的树叶

阳光静静地洒落一地,像铺了一层金色的鳞片。伸出手,摊开十指,叶子间的阳光轻盈地落在我的掌心。我听见体内有金属的声音在风中行走。那是树叶思想的梵音。

我望树叶,树叶亦望我。我与她互望了二十多个春秋。树的心思都蕴藏在叶中,叶是树的眼睛。树用叶望着四季轮回世间万象,望着风雨晨露日升月落。春风化雨为叶举行了隆重的诞生仪式。娇嫩嫩的叶芽儿刚伸出尖喙,转眼就亭亭如盖,葱葱郁郁。树叶密布着血脉,卧在手心,感觉质地光滑而柔润且富有弹性,像极了青春的肌肤。阳光透过树叶的缝隙筛落下来,映衬出绿的层次,幻化出淡绿、翠绿、碧绿、青绿、墨绿的微妙色感。清爽的绿叶在我的心壁浸润开来,有一种绿茸茸的感觉。

绿叶是夏天的旗帜。满树的叶子在阳光下浮绿泛金,如成千上万只绿巴掌,在向提供充沛的阳光雨露的盛夏鼓掌致谢。众多的叶子,没有谁争夺谁的阳光,没有谁抢占谁的雨露。你挨着我,我挨着你,沙沙地,轻轻地,柔柔地,为落在枝丫间的鸟儿伴唱。我无数次为之感动。我仿佛听见她们善意的调侃和嘲笑:人类在争名夺利中斗得伤痕累累,尔后又在麻木和无聊中消解生命的疼痛。你们这些愚不可及的人啊!你们竟不如叶子?心惊于叶子的嘲讽,我又不得

思想的树叶

不折服。

飒飒秋风敲击窗的岸台。叶子的绿意不知不觉地暗淡了,叶片的边缘干瘪而卷曲。独自静静地走在秋林里。彩蝶似的叶子在空中打着旋儿飘飞舞蹈。落叶飘坠,跫音沙沙。有一两片叶子落在我的头上或者肩上,我细细地端详交流一番后,又恋恋不舍地把其放飞于风中。我时常在佛音般寂静的秋林里踩着沙沙着响的落叶地毯,漫步冥思。我在寻找名叫"欧里"和"楚珐"的两片叶子。她们曾挂在同一株树枝上相爱,然后相继被秋风吹落在地。楚珐最终意识到:她已不再只是一片任由风吹雨打的叶子,而是宇宙的一部分。楚珐透过某种神秘力量,明白了她的分子、原子、质子和电子所造成的奇迹——明白了她代表的巨大力量和她身为其中一部分的天意安排。欧里躺在她的身旁,用彼此以前所不知的爱互相致意。这不是由机缘巧合或一时冲动所决定的爱,而是与宇宙同样伟大和永恒的爱。(艾·巴·辛格《两片树叶的故事》)

一叶坠地绝不是毫无意义的。一片树叶的凋零关系着整个春天的下一轮再生。正是这片片落叶,换来了来年的盎然生机。树叶的诞生与消亡,注释了生命轮回的真谛。数不清这世上有多少片叶子绿过。绿的时候,她们尽情地绿,淋漓尽致地绿。为了新一轮的诞生,她们又无悔地向地面凋零。凋零不是死亡,而是拯救。她们在生命轮回中所领悟的真谛,只有获得解放与宇宙万物融为一体的生命才能体会得到。

人是时间之树上独立存在的叶子。人类倘若能从树叶中找到思想的源泉,将会战胜一切的烦恼、痛苦与恐惧,撑着智慧与光明之舵做一次明朗的航行。

亲亲麦子

忧 患 之 声

　　二战初期,希特勒的坦克征服荷兰的时候,有位荷兰籍历史学家,因在伦敦休假而死里逃生。虎口余生,伦敦记者采访了他,让他对祖国沦亡之事作评论。出乎意料的是,这位历史学家竟然拒绝发言。他说:"我研究的是中世纪历史,不是现代史!"

　　这个故事是美国加州大学的雷诺瓦教授用来讽刺典型的中世纪研究专家的。他认为迂腐闭塞,此乃学术之耻。他用这个故事告诫学生,作为真正的学者,千万不能陷进阴暗的黑森林,要具有结合学术研究和社会介入于一体的精神。加州大学的学生不但在学术思想上做先锋,唤醒民众,他们还关心穷困的社区,为弱势群体请愿,谋求合理的利润分配。他们抨击资本家任意营建大厦,吞噬城市的绿地;他们阻击工业污水所造成的灾难,保护千千万万的生民。

　　大学是一个国家、一个民族的头脑。一流的大学应当是一个国家、一个民族大脑的精华。大学精神最重要的一点,应该是时代精神的代言人。中国的北大诞生在灾难深重的年代,承袭了中华民族苦难与忧患的遗产。史载,1903年俄国没有按照条约从营口撤兵。当年4月30日,北大两百余名学生集会抗议,他们的爱国行动推动了全国抗俄运动的高涨。这一举动,在黑暗如磐的中华大地上燃起了第一线觉醒的曙光。

思想的树叶

此后百余年，北大学子为科学民主、为真理正义，为维护人性尊严，从来没有放弃过独立的思考，勇敢地抗争。人们不会忘记，胡风冤案铸成，举国沉默，是北大的学子发出了公开的质疑。为了维护思想自由，北大女诗人林昭死在了黎明的枪声中。马寅初的《新人口论》遭到围攻，他发出了震古烁今的金石之声："我虽年近八十，明知寡不敌众，自当单枪匹马，出来应战，直至战死为止，绝不向专以力压服不以理说服的那种批判者投降。"这是一批睿智而坚韧的苦行者。他们注定要背负着传承文明、创造文明、开启世风的使命。"利泽生民"是他们的终极目标。这种高贵的忧患意识，是人类文明济世精神的本元。

忧患之声是阔阔的生命绝唱。只有具有第一等才智和第一流胸襟的生命才能发出这样的声音。情深则意浓，旨大则辞宏。心系天下，眼界自然开阔，为人行文自然大气。然而，忧念民瘼的忧患之声日益见少。我们的生活，真的像许许多多的文字所描绘的那样闲适升平了吗？真实的是，在我们生活的周围有许多人，尤其是农民，为了生存苦苦挣扎。我睁开或闭上眼睛，都能看见他们苦极累极的倦容。贪官骄奢淫逸，鱼肉百姓，山区儿童过早失学。当今谁的日子最好过？当然是有权的有钱的。他们吃山珍海味，喝琼浆玉液，住豪宅别墅，过着为所欲为，放浪形骸的生活。他们怎能发出忧患之声呢？！大学里的教育者与受教育者，同为职称和学位而奔忙，很少有暇关心"民间魏晋"。也许我言重了，但愿是我言重了。但愿与良知、责任连在一起的文化知识，还不至于沦为利益的奴才。历史一直证明，忧患之声发不出来，不仅是灵魂良知的萎缩与退化，更是灾难的起因。

忧患之声只有扎根于现实的土壤，才具有永久的生命力。我们比以往任何时候，更需要理想和崇高，更需要忧患之声和大刀阔斧的勇气。我们亟需的是一场捍卫平等、博爱、正义的精神圣战。

生命不能被设置

人一出生就进入了固定的程序,踏上了锁定的路线,一切都设计好了,规定好了。涉世之初,会受到各种教导,而这些被认为是善意和必要的教导,往往违背我们心灵的旨意。出于顺从的天性,大多数人沿着这条既定的路线,按部就班,从此踏上了一条平庸之路。

我见过许多在设置好的生活中安之若素的人。他们在丰衣足食之后,就用多余的时间来换取多余的金钱。无休止的物欲追求使这些人成为物质的工具,失去了人应有的精神追求,甚至于失去了人所应有的最基本的闲暇与从容。我也见过那些对世俗社会所设置的生活不满的人。他们在吃饱穿暖安居之后,寻求供奉灵魂的生活,但是他们被约定俗成的世俗生活席卷其中,很难突围其外。由于自己心中没有定力、没有信仰、没有信心,一双渴望飞翔的翅膀,最终没有冲上云霄。他们一边为自己怀才不遇而感慨,一边为意志薄弱而感到无望。最终他们既不满足于现世生活,又不甘于平庸。被平庸所伤害。

人是什么?人是躯体和灵魂共同组成的物质体。缘此,人才会在温饱之后,有了供奉灵魂生活的欲求,有了梦想和渴求飞翔的愿望。世俗的社会生活如同牢笼,囚禁了飞翔的心灵。培根说:"社会习惯具有一种可怕的力量,习惯真是一种顽强而巨大的力量,它可以主宰人生。"各种约定俗成的社会习俗、时尚,控制着每个阶层、每个人、每个人生。我们应该走出社会为自身设置的生活,坚守自己的追求,忠于自我,按自己的愿望去生活,完成生命赋予你的使命。

1845年3月,一位名叫亨利·戴维·梭罗的美国思想家、哲学家、文学家,带着一把借来的斧头,孤身来到瓦尔登湖开创他的新生活。他只用极少的时间耕作,支付简单生活的开销,空闲下来就读书、写作。他反复阐述:一个人的生活其实所需甚少,而按照所需来向这个世界索取,不仅对我们置身的大自然有好处,而且对我们的心灵有最大的好处。世界上最重要的事莫过于让自己属于自己。梭罗阖门闭户重新拥有了自己。人的一切最美好的创造无不来自简单和淳朴。梭罗走出了世俗生活对他的设置,获得了自由支配自己生活的权利。他用纯净、澄澈、智慧的湖水,润泽了百年之后奔波于红尘中的芸芸众生的心田。

天才的智慧和意志并非天生,而源于他们后天的思索和磨练。不管外在的环境如何艰难,总会有一些追寻生命价值、思索生命意义、安于寂寞的"圣徒"坚守简朴的生活,承担起传承人类文明的神圣使命。正是这些迷恋科学、哲学、文学、艺术,拥有无限精神生活空间的人,走出陈规陋习对生命的设置,构造了人类的精神家园。他们引领人类到达了人应有的文明与不朽,到达了人应有的幸福与永恒。他们飞翔于众生的头顶,成为人类的精神教父,告诉我们生命不能被设置,鼓励我成长为一株树,一株独特的树。

明白了生命不能被设置,并非就能成为伟人。作为有精神追求的凡夫俗子,应当坚守自己的心灵,从自己的心灵旨意出发,走出被设置的生命,坚定清醒地以出类拔萃把自己从惯性、平庸、怯懦中剥离开来,将自己的生命力和创造力弘扬到极致。我想,这也是减少人生之痛苦与缺憾的有效良策。伟人对于我们的引领和提升,正缘于此!

亲亲麦子

美在功利之外

冬天的雪花总会给我的心灵带来欢悦。朋友也爱雪花,她的生日将至,我绘制一张有雪花图案的卡片寄给她。邻家的孩子前来串门,她凝视着卡片上的图案,居然认不出雪花来。我惊讶万分。她坦言,也不仅她一人,许多同学都为"考分"所忙,哪有时间去观察不能增加分值的雪花呢?

我想起了叶朗教授所担忧的问题。我们的家长逼迫孩子学绘画、弹钢琴,不是为了从艺术中获得美的陶冶,打开生命空间,而是为了升学加分。这样的美育,美夫复何存?没有了美感,只剩下分数、技巧,培养出来的只能是考试机器。艺术变成了技术,把艺术当成敲门砖。在这样一个急功近利的时代,是产生不了大师的。真正的艺术,是为了让人感受生命的美好,拓展心灵空间,提升精神境界。

大自然为人类的心灵提供了丰富多彩的美的享受。在浮华的尘世中,我常常从自然中寻求美。天涯何处无芳草,美无处不在。美是对田野里那片金灿灿的油菜花的近距离的凝视;美是对碧水清荷的止步观赏;美是对斑斓秋叶的品味;美是对鹅毛大雪的谛听……英国诗人济慈说:"美的事物是永恒的喜悦。"美的事物常常映入我的眼帘:田野上自唐诗宋词里翩然飞来的白鹭;波光滟滟的江面上渔舟唱晚;雁群与红霞齐飞;潇潇秋雨轻轻敲打湖面的残荷……我的心灵留下了与自然万物交汇的风景。那人那景交融的时刻，是一大片一大片澄明欢乐的时光。许多人为了寻求名利，在生活的洪流中忙忙碌碌，疲惫不堪，无暇审视身边的花朵，谛听头顶的鸟鸣。面对大自然美的馈赠，人们的耳目往往被功利掩盖，对美的事物视而不见，充耳不闻。正如罗丹所言，生活中不是缺少美，而是缺少发现美的眼睛。

人类中的艺术家是美的追随者，他们从生活中提炼出文学、音乐和绘画，以艺术来美化生命。当贝多芬的交响曲从琴弦中漫溢而出，我的灵魂就会从沉重的肉身中游离出来，朝着心灵的故乡行进。走出狭窄的生活空间，走进美好的文学天地。文学将人类的思维引入玄妙精微美不胜收的意境。赏一首好诗，读一篇美文，你会感到精神的愉悦与富足。文学并非只属于学者教授的高雅之物，她应该回归民间，成为国民的素质。文学艺术属于人的精神生活。丢失了文学，人类就失去了一个更美好的世界。没有理想和梦的心灵是何等的粗糙与贫乏！

现代人差不多都成了金钱的奴隶，他们的生命变成了一沓沓或厚或薄的钞票。一个人倘若过于汲汲于名利，他的眼睛就无暇欣赏大自然的美，他的心灵就更无法体悟高层次的艺术之美。这不能不说是一种缺憾。

围炉夜话，踏雪寻梅，闲敲棋子落灯花，山寺月中寻桂子的情景无复存在了吗？能否让我们的心灵拂去功利的尘埃，默默地凝视，静静地谛听那些"无实用价值"的美呢？无用之用为大用。美是慰藉人类心灵浮躁焦虑痛苦的有效良方。

挣脱功利的枷锁才能进入美的境界。在功利之外，我坚信一朵云一片叶一脉溪流一声鸟啼自有一种力量，能让我们从世俗琐事中超脱出来，平心静气感动一回，享受美的喜悦。

亲亲麦子

头顶的星空

　　暮色擦着玉米端庄的叶片落下来。在虫吟与蛙唱织成的宁静里，佩戴着珍珠的庄稼的香味弥散开来。我在打谷场的空地上铺开席子。仰卧。满天钻石般晶亮的星星缀满了头顶那湛蓝湛蓝的天幕。星光的辉煌壮丽使我心静神凝，脑海里充满了天问。一种透明的从灵魂里荡漾出来的美好感觉盈满了胸怀。在懵懂的童年，头顶的星空给我的记忆提供了难忘的背景，构成了我回忆往事不可移易的现场。

　　头顶的星辰对应着我们内心的星辰，心中有星星的人头顶才有星空。我常常独自一人，在我能看得见星空的任何地方，长久地仰望星空。星星离我或远或近，有着深深浅浅的层次。我看见的星光，不知要穿越多少光年，隔着无数时代，进入我的瞳仁，激动我的性灵。星光穿越时空，从宇宙深处穿梭而来，簇拥着我，朗照着我。我如立于光之海洋的婴孩，接受星光的雕塑。我被星空那无限的深邃苍茫和神秘，深深地震撼。我被引领到无思无言之境，变成了一粒小小的黑点，化入星空与万物。这启示哲人灵思灌注诗人情怀的星空，在五千年的历史里荡漾，荡过秦汉，漾过唐宋，漫漶于明清……在奔腾的长江里洗涤过，在澎湃的黄河里沐浴过。那星空可否留有屈子悲愤的目光，可否留存李白狂放的精神吻印和东坡深情的指纹……

灵魂的生长,思想与智慧的生长,是无声的,看不见,如同树木。她们需要星空的覆盖,星空的静谧。我想,这无数盏华灯布置的盈盈星空,是上苍为人类特意安排的。因为只有人类,才能昂扬头颅仰望星空,而动物只能俯视大地。人类鸿蒙的心之器官,是从仰望星空审视天意中开启心智的。老子悟天地本原为道,万物皆由道而生;孔子遵天命而行;庄子以为"天地与我并在,万物与我为一"。人与自然永远相互依存。柏拉图创建了欧洲哲学。爱因斯坦把宇宙作为自己探究和思考的对象。浩瀚无垠的星空使他们获得天启,熔铸了一颗颗崇高清澈而智慧的心灵,使他们有了与星空相对称的伟大的灵魂。

那璀璨的星空依旧如亿万年前一样,浩瀚壮美,而星空下却少了仰望的目光,少了与之对称的灵魂。人类的目光更多地沉溺于物质的狭窄空间。无论男女老幼,无论贫富贵贱,都能获得星光的恩赐。星光是无私而公正的,她是上苍对人类大慈大悲的馈赠。可是,又有多少双眼睛去领取她呢?康德说:"有两种东西,我们对她思索得越久,就越是对她充满赞叹和敬畏:'那是头顶的星空和内心的道德律。'"一旦我们切断了与星空的联系,就会沉沦为物质中的浮生动物,我们离生命的内核就会越来越远。如果我们能把目光从物质的泡沫中打捞出来,从名枷利锁里解放出来,从权势的磨盘下挣脱出来,停靠在那头顶的星空中,我们的心灵就会得以净化提升,我们的灵魂就会变得宏阔、通达、高远而澄明。

星空是人类孕育智慧与美德的最终本源。

穿越时空的声音

穿越时空的声音

坐 看 云 起

翻开大唐史册,我不关心帝王是谁,我的目光落在了一个叫王维的诗人身上。

借用"坐看云起"来形容王维唯美的人生最合适。王维的山水诗打开了日升月隐、草长花开的生命空间。对于王维善感的心灵来说,花开花落云起云飞是一种审美、一种启示。坐看云起是王维诗意人生的一种极致。红尘中的喧嚣如潮水般退去,生命纯真的本质和理想随着天光云影浮现在心灵的天空中。内心的真实是生命的真实。

我对王维情有独钟的理由是因为他诗中显示出的静美气质与我的心灵深深契合。我从琐碎而缺少光泽的生活中挣脱出来,走进王维的诗境。月色把竹林、山色整理成一派柔和。王维"独坐幽篁里,弹琴复长啸"的夜晚静美至极。山中寂静无人,只有松风游于林间,竹隙筛下碎银似的月光落在石上。俗世的欲念,心灵的尘埃,被清风月华洗涤得清清净净。诗人在明净的天、明净的地、明净的月光中弹琴复吹箫。他身着雪白的长衣,长身玉立、羽扇纶巾、眉宇间流动着英气。细细的手指已搭上纹质拙朴的古琴,弦丝在颤动。音乐的意境渐渐开阔,仿佛一粒石子投进天空般湛蓝的碧水。此刻,我的身体是明净的,我的心灵是明净的,彻上彻下彻里彻外的明净。

渴望建功立业、匡扶社稷是历代知识分子的共同梦想和追求。王维既做官吏又当隐士,往返于人类斗争与自然情调的两极。朝廷的险恶伤着他的心,大自然景致的美妙却给他的心灵以慰藉,在入世与出世之间生存着。完全的媚俗与脱俗,都会导致深刻的痛苦。王维只能这样做。

亦官亦隐的王维没有忧悒,没有焦虑,没有烦躁,没有抱怨。他不为物我所役,自自然然地生活着,充分感受天地之心之道,用一颗天高云淡的心感受着大自然中的山川日月、花木鸟兽,呈现出蓬勃的生命精神。只有卸下尘嚣的重负才能抵达生命原初的家园。王维在恬静的光线里收割盛唐山水盈漾的清香。我于幽谷中远眺"木末芙蓉花,山中发红萼";在田园里仰望"漠漠水田飞白鹭,阴阴夏木啭黄鹂";徘徊于涧边凝视"月出惊山鸟,时鸣深涧中";沐浴着如水的月华聆听"明月松间照,清泉石上流";静夜独坐沉浸在"雨中山果落,灯下草虫鸣"的意境中。

王维那颗体悟天地万物的大智慧者的心,静静地活在他的山水诗境中,静静地思考着。他用全部的生命和智慧,创造出了继陶谢之后盛唐山水田园诗歌的奇峰,彪炳千古,成为中华五千年辉煌文化的璀璨一页。倘若删去这一页,我无法想象唐朝诗坛将淡没多少光辉!

我从王维的心灵和诗境中寻找心灵的归宿。时光从我的身外从我的心内慢慢地流逝,如水。从中,我试图领略生命的意义。

王维,用他美丽的恬淡的心灵真诚地面对世界,面对自然。这境界,这情怀,足以温暖和滋润我们焦虑的心灵。

在山水与功名之间

文化名人是一个地方的名片,孟浩然是襄阳的名片。襄阳属于孟浩然。把一方美好山水归于一个诗人名下,古今中外恐怕唯此一例。因为有了孟浩然,盛唐时襄阳,诗人们熙来攘往,空气和美酒中都飘溢着诗的芳香。

孟浩然是棵繁茂、质朴、挺拔的大树,耸立成襄阳绝无仅有的靓丽的风景,天下诗人纷纷慕名而来。诗圣杜甫评价这位同乡:"赋诗何必多,往往凌鲍谢。"王维为其画像:"状欣而长,峭而瘦衣白袍。"诗仙李白给予至高的赞美:"高山安可仰,徒此揖清芬。"此语出自"风歌笑孔丘"的狂人之口,可以推想,李白由衷地拜服于孟诗的高不可攀。

岘山和鹿门山是襄阳两座并肩而立的山峰。岘山是孟浩然人生之旅的起点,鹿门山是孟浩然人生之旅的终点。四面山峰环合、巅连相抱、氤氲出一种与世隔绝的清幽与秀逸。汉水在山脚下滔滔东去,造就了一种形胜独标的孤高与自得。山上古树苍藤、泉凛涧幽。有这样的山水滋补灵性,孟浩然的生命怎能不鼓胀起创造的活力,怎能不张开自由的翅膀?

岘山是孟浩然的胎盘和摇篮,是他最初的生存课堂。他在幽静恬素的岘山脚下读书养志,间隙优游岘山,从中触到了学问中没有的生命的愉悦。他读懂了岘山,读懂了山上密树浓云苍茫的气韵,绿叶清泉的骨骼,古木岩石的风神,艳花异鸟的风姿。孟浩然独自一人或邀三五好友在树林中弹琴、吟诗、赏月、饮酒。

怀有兼善天下经世济时理想的孟浩然,虽然过着隐居的生活,但他内心却充满矛盾,而立之时他从岘山出发,开始了坎坷的求仕之旅。孟浩然渴望凭借自己满腹经纶获得朝廷的赏识。他应试却名落孙山。皇恩浩荡清正廉明只不过是一个幌子,幼稚的诗人哪知道官场比战场还要凶险,四处碰壁势必是其必然命运。他曾作《望洞庭湖赠张丞相》一诗,其诗句"欲济无舟楫,端居耻圣明。坐观垂钓者,徒有羡鱼情",谦恭有度,落落大方地表明了他对仕途的热望以及期盼当权者援引的心情。孟浩然曾有幸亲瞻龙颜,但生性耿直的他没有抓住这独一无二的契机。一日,王维私下把孟浩然请进官衙内闲谈,恰巧玄宗亲临,王维借直言请罪之机,向皇上隆重推介:"这是襄阳孟浩然,我的朋友。"玄宗听此龙颜大悦,说:"我早闻此人诗名,相见甚欢。"玄宗让孟浩然吟诗作乐,人称不识时务的他却说"不才明主弃,多病故人疏"。霎时,龙颜由喜变愠,口谕其终身不得录用。皇上喜欢的是柔顺、服贴,善于阿谀奉承的读书人,这孟浩然又何尝不知?但刚正不阿、光明磊落的孟浩然又怎能为五斗米折腰?这注定了他的济世情怀终将被掩埋在历史深处。

昏暗的权势射落了孟浩然的"鸿鹄之志"。岩扉松径长寂寥,唯有幽人自来去。诗人从点缀着归村人影的平沙远渡,乘坐着一弯新月的江畔小舟,踏着松径下的烟树月影,边吟边行,朝着鹿门山悠悠归来。他仰望鹿门山的目光和灵魂被岁月淘洗得更加清澈宽广。这是他人生最淡泊最辉煌的时期。鹿门山的清风、明月、飞萤、树影、露光、泉响都进入了孟浩然的心空,他在宁静清幽的意境和心境中尽情地创造人生。

所幸,孟浩然并没因仕途不畅而消极遁世,更没有扭曲知识分子的精神人格,而是以积极热情的心态放情山水,回归田园,用毕生的智慧和才情将田园诗歌推向顶峰。

　　山水与功名,历来与中国知识分子结下了不解之缘,造成了他们双重的性格和矛盾痛苦的人生。人是大自然一部分。人的身上带有大自然的胎记——自由、平等、博爱……而颇有棱角的知识者不可能为了成就功名而动摇山水在灵魂深处引发的共鸣。他们宁愿舍弃功名,也要保持生命自然无拘的状态和人格精神的独立。

亲亲麦子

大唐一壶酒

"书画琴棋诗酒花"是人生的七件雅事。好诗是慢慢吟诵的,好酒是细细品味的。吟好诗、品好酒是一种美的享受。好诗与好酒在大唐与一个伟大的天才相遇。李白的诗歌古今中外无人能与之叫板,何故?其他人生命的水银柱无法上升到李白的高度。酒是上苍赐给李白的最好的投入与解脱的方式,陶醉其中,把最深不可测的忧伤惶惑和最漫无边际的喜悦豪情毫无保留地交出。有了酒,才有了李白的诗歌。李白的诗歌把对生命万物的参悟和人生的况味写到了极致的境地。

茶类隐,酒类侠,李白一生以诗酒相伴。李白生于中亚的碎叶,后又举家内迁。这个漂泊的家族终于孕育了一位伟大的漂泊者。伟大的诗人是属于民族的,如同雨果之于法兰西,泰戈尔之于印度,普希金之于俄罗斯,李白之于中国是如何尊崇都不足为过的。帝王将相多也,可是有谁能让世人皆知?!而"床前明月光"是牙牙学语的孩子都会背诵的。

唐朝开朗雍容的气势在整个封建社会空前绝后,只有大唐的江山才能安放下李白那放达的天才的脚步。李白由碎叶入蜀,由蜀入荆楚入山东,辐射大唐各地。沸腾的血液使他不能在任何一个地方安住。他永远行走在漂泊的漫漫长路上。他没有家园,没有故乡,一路上唱他的歌,饮他的酒,写他的诗。醉酒的地方就是心灵的故乡。他把生命看作一场纯粹的漂泊。大唐江山的青山碧水天梯栈道,都给他的心灵以滋泽,赋予其诗以奇幻的想象和超越的飞升,给了他充分张扬个性的空间。读奇书、观意象、当游侠,他杂儒、道、纵横等思想于一炉,成为"飞扬跋扈为谁雄"的狂客,"诗成泣鬼神"的诗仙。他的游侠生涯与狂放性格铸造了他豪迈洒脱进取飘逸的浪漫主义作品。那些精妙绝伦如若天成的作品,正如王国维所言:"太白纯以气象胜,'西风残照,汉家陵阙',寥寥八字,遂关千古登临之口。"

　　这位飘逸绝尘且孤傲的诗人,存诗千余首,其中一百七十余首涉及饮酒。据宋叶廷珪《海录碎事·酒门》:"李白每醉为文,未尝差,人目为醉圣。"喝酒的趣味在何处呢？乐在醉后的陶然境界,飘飘悠悠,好不惬意。醉酒使他的脑神经麻痹、短路,从而挣脱了千年的儒教枷锁。他的爱恨情仇、寂寞与苦痛、梦与醒,他的豪气义气都在酒后赋予诗神。"李白斗酒诗百篇,长安市上酒家眠,天子呼来不上船。"有了酒神的佑护,他才不至于被驯化为侏儒,敢于向权贵要尊严、要平等。皇帝老儿也得拿他当朋友待才行。他不习惯奴颜卑膝,不习惯仰视。要他作诗,得力士为他脱靴,贵妃为其捧墨,御手亲自调羹。这一切使骄横跋扈的权贵齿寒,令信奉尊卑有序的谦谦君子瞠目结舌。仕途放归恰恰成就了诗人。诗穷而后工,若没有仕途坎坷,安能有《蜀道难》、《将进酒》等绝世之作？

　　诗人想象的翅膀浸着酒香高高地飞扬。他的如椽大笔生动了大唐山水。他所表达的生命愿欲:自由、平等、壮志、激情、感喟,是每个个体生命自然生发的。他醉心于酒醉心于诗。诗酒的翅翼载着他奔腾澎湃的灵魂翱翔于无垠的天地与浩瀚的长空中。他在酒神的佑护下实现了对自我的超越。他天籁似的诗文,横空出世的才华,纯粹而又独特的生命酿成了大唐一壶酒,醉了百代之下的芸芸众生。

亲亲麦子

让菊名满天下的人

　　历代文人墨客都喜欢流连花前,借菊咏怀,而让菊花名满天下的却只有陶渊明一个人。菊花缘此成了傲岸高洁的象征。菊花是陶渊明心灵的菩提之树绽放的精神之花。

　　晋宋时期,庐山脚下,回崖叠嶂,古树苍藤,泉凛涧幽。青少年时代的陶渊明枕青山流泉,怀济世之志,苦读诗书。他欲成就功名兼济天下。三十五岁时,他谋取了江州祭酒的职位。走上仕途的陶渊明,犹如投进了一部正在疾速运转的庞大而又冷酷的机器,身不由己地被搅拌着,丧失了精神的自由和人格的独立。陶渊明那一颗饱含着崇高的济世理想和报国热忱的心灵,在和腐败官场的痛苦磨合中变得伤痕累累。他在痛苦和矛盾中经历了反反复复的仕而归,归而仕,欲罢不能,苦不堪言。

　　那个黄昏,再寻常不过。陶渊明像往常一样,处理完冗繁的公务,信步走进大自然,企盼从自然情趣中觅得一丝慰藉。他在途中偶遇一片废墟,悲凉空虚之感油然而生,死去元知万事空,身与名俱湮没无存,生命就如同这荒途废墟。就在他叹息"去去百年外,身名同翳如"之时,一阵清清淡淡的幽香乘着风的翅膀依次飘浮过来。这幽香源于一丛野菊。这一丛野菊擎举着金樽,将他的目光牵了过去。在远离喧嚣的宁静里,在远离世俗的淡泊里,菊花活出了自己的本色,开出了自己的模样。它们恣情率性地开放，如同在发出自己生命的宣言。它们按自己的构思展示生命，用生命的尊严维护着自己的独立品格。这一丛盛开着的野菊散发着悟不到边的盎然，有着读不透的深蕴。陶渊明深思片刻，一个神圣而圣洁的决定从心底涌出。他明白自己应该走向何处了。他摘下了顶戴花翎，辞去了彭泽县令，走向了深深诱惑他的田园，走进了自我。

归去来兮，往之不谏，来者之可追，今是而昨非。久在樊笼里，复得返自然。大自然中的青山绿水为他提供了安适的栖居之地。"木欣欣以向荣，泉涓涓而始流。"是身体回归乡野，更是心灵回归自由纯洁的本性。"悦亲戚之情话，乐琴书以消忧。"无尔虞我诈之争，无钩心斗角之累，有的只是心灵的自由和人格的尊严。宅边有五株柳树，圆润的树冠饱满地描画出富有张力的曲线，每一条枝茎、每一枚叶子，都是那样秀雅光洁。沙沙的私语是柳丝与柳丝亲昵摩挲的乐音。芭蕉为窗纱带来了新绿，蔓长的杂草为午睡带来了虫吟。无丝竹之乱耳，无案牍之劳形。夜晚在唧唧唧的虫声中入睡，清晨在啾啾啾的鸟鸣中醒来。漫步林间，踏着晶莹的露珠，呼吸着花木的芬芳，心静胸清。他深深地体味到了生命的芬芳甘美不在嘈杂的名利场，而在一花一草的菩提之悟中。湛蓝的天空飘拂着朵朵白云，天蓝得很净，云白得很净。此刻，自然人、社会人、文化人三重属性合一。触处皆有会心，会心时脱口吟道："云无心以出岫，鸟倦飞而知还。"信笔写去，不经意不着力，然而境与神会，思与境谐，妙谛天成。再次邂逅挚爱的菊花，忍不住采了一束捧在手心，凝视那纤细娇嫩的花瓣、鲜艳浓烈的色彩，偶然间把一根花梗含入口中，品出了微微苦涩、微微香甜的滋味来。此刻的陶渊明已站成了一株菊花。他站在花丛中，也站在诗中。他与菊花相视一叹："采菊东篱下，悠然见南山。"此时不觉其为诗，而诗意毕现，真气扑人。难怪沈德潜如此评价陶诗："胸次浩然，其有一段渊深朴茂不可到处。"

月到天心处,风来水面时。陶渊明自从归隐那天起,就获得了精神上的自由,与纯洁的大自然融为一体。山水草木的清静浸润了他,美妙的诗句纷纷然不期而至。他醉心于自然之美,身入化境,浓酣忘我,将山水田园诗推向了极致。陶渊明所处的魏晋时期,是"精神史上极自由、极解放,最富于智慧、最浓于热情的一个时代","是中国历史上最有生气、活泼爱美、美的成就极高的一个时代"(宗白华语)。陶渊明怀着深情体验大自然时,他一定感受到了神性的光辉。可惜,他的这一份指向山水的真情,已成为遥远的绝响了。

陶渊明在他的茅舍里,在青山绿水中,精心培育他的精神之树。他拓展了自己的情怀,发现了自然的情趣,体悟二者相契的奥蕴,滋生了后世所说的"生命情调"和"宇宙意识"的萌芽。他心灵的菩提树繁花盛开,绽放出了中国文学史上独树一帜的诗文。

他以独特的悟性思维和优美的文笔谱写的千古佳作,表达出的人生智慧和生命体验,将永永远远给世世代代的芸芸众生以深刻的启示和精神的抚慰。

穿越时空的声音

万物阒寂的静夜,读古典诗词,常常有一种感觉:似乎有一种声音从三千年的沧海桑田中隐隐约约地传来。这些声音或哀婉悱恻,或激昂铿锵,或恬淡洒脱,或沉郁蕴藉,其中最能震颤我心弦的是诗圣杜甫那穿越时空传之久远的声音。杜甫《天末怀李白》诗云:"文章憎命达,魑魅喜人过。"这既是对李白一生遭际的感慨,也是对自身坎坷命运的写照。

出生于奉儒守官世家的杜甫自幼就立下了经邦济世之志。然而,他虽有匡政济世之志,忧国忧民之心,但连进两赋,也只是待制集贤院,未尝受官。目睹趋炎附势之徒,见位而伛偻俯仰,却又不能仿而效之。维护人格尊严,不甘随波逐流的品性,奠定了杜甫一生意蕴苍凉的基调。几年后,他又参加了一次朝廷的考试,科举的梦想随之幻灭。接下来等待他的是安史之乱、国破家亡。杜甫这片从政治树干上吹落的绿叶,却在艺术之树上找到了自己的生命之源。失之东隅,收之桑榆。杜甫用他沉郁顿挫之笔写下了《三吏》、《三别》,以及《北征》、《秋兴八首》、《茅屋为秋风所破歌》,当然还包括整个《杜工部全集》。这些作品再现了那个时代,被称为诗史。

秋风,在枯黄的落叶和鸟儿的哀鸣中瑟瑟萧萧。杜甫踏着侵道的野草,拖着多病的瘦弱之躯且行且悲,一袭青衫的背影在昏黄的落日下拂动。战火纷飞,生灵涂炭,白骨横野。这一切皆盘缠在他如渊的哀愁里。国破家亡的愁情汇入心海,化为"光焰万丈长"的诗文。诗中弥漫的忧伤如洞箫,悲凉似横笛。他创造了一种个性化而又极具普遍意义的艺术情境,激起了千百年来无数读者的共鸣。一代诗圣杜甫胸怀天下,才耀日月,却于颠沛流离中客死在洞庭湖的一条小船上。唐王朝堪称当时世界第一超级大国,却养不活一个为后世尊奉为"诗圣"的天才。呜呼哀哉!

时越千载,杜甫的声音仍然在中华历史的长空回荡,为世世代代的人们所铭记。缘何?他为生民泣诉,为良知和人性呐喊。当代著名学者王彬彬在《情怀与才华》一文中表达了这样的观点:仅有才华,是不够的;没有情怀,是不行的。情怀是对"人间苦难"的敏感,是对"人间正义"的呼唤。一个时代文学的成就最根本的决定因素是情怀,而不是才华。读杜甫的《茅屋为秋风所破歌》,尽管诗人"床头屋漏无干处,雨脚如麻未断绝",但他依然企盼"安得广厦千万间,大庇天下寒士俱欢颜。风雨不动安如山!呜呼!何时眼前突兀见此屋?吾庐独破受冻死亦足"!其心昭昭,日月可鉴!这是一种怎样的悲悯情怀,虔诚、慈悲而博爱。这种情怀仿佛是天界的圣水渗透于仁爱者的血脉。它是源自血液里的情感,带着忧患、平等与热爱的色彩。它使人体恤人关爱人。一代诗圣杜甫用他悲悯的情怀和绝世的才华创作的诗文,永远温暖着世世代代的芸芸众生。他的诗文字字朴素,却字字闪耀着人性之光,有着血液的温度,给黑暗和不义的世界带来些许亮色,给我们的心灵带来感动、温暖和震撼。

杜甫倘若在天有灵,一定会提醒我们:在这个歌舞升平灯红酒绿的世界,千万不要忘记还有贫困山区儿童失学的痛苦,下岗待业工人紧锁的眉头,劳苦大众对贪污腐败的痛心疾首……当今,这一切谁能秉笔直书?!

穿越时空的声音

错为人间富贵花

　　他为所有的痛苦和深情找到了一种形式,一种凄美的形式,词的形式。他用词来整理生命中的忧伤,就像受伤的天鹅一边流泪,一边不忘梳理自己的羽毛,保持优雅的姿态。每一根羽毛都是一首词。

　　他就是康熙的御前侍卫、权臣明珠之子——纳兰性德。在别人眼里,他位高权重,终日陪伴在皇帝的身边,宝马香车,锦衣玉食,可谓占尽了风光和荣耀。可是,随王伴驾在"翡翠丛中,鹅黄队里"的纳兰性德向往的是人格独立、自由自在的平民生活。他厚厚的铠甲里面跳动的是一颗生来就忧郁深刻向往自由的心灵。他向往的生活纯粹而又简单:有爱妻朝夕相伴;有朋友经常往来;笑看花开花落,坐看云卷云舒。这种宁静致远的生活,他虽心向往之,却死也未能至。

　　他想游离于官场与功名之外,曾言:"仆亦本狂士,富贵轻鸿毛。"视权势如敝屣。但是,命运的缰绳却套牢了他。他叹自己错为人间富贵花。他不得不成为康熙手中的一颗棋子,不得不充当御座前的一个小摆设。时光容易把人抛,红了樱桃,绿了芭蕉。他心痛自己宝贵的生命如水流逝。他犹如被投进一部旋转着的、庞大而又残酷的机器,被挟裹着,搅拌着,失去了生命中本应有的欢娱,失去了精神的自由和人格的独立。每天转动挤压出的都是无法言说的郁闷和痛苦,他为忧伤找到了一个出口,这就是词。当康熙得意地指点江山、顾盼流连时,他的心灵却是忧郁惆怅而又孤独寂寞的。"山一程,水一程。身向榆关那畔行,夜深千帐灯。风一更,雪一更。聒碎乡心梦不成,故园无此声。"他在梦想与现实的悖论里生活着,忧伤而苦闷。

唯一能慰藉他心灵的是他的爱妻。纳兰性德在庭院内与结发妻子"赌书消得泼茶香"。《饮水词》如初日芙蓉、晓风杨柳的姿影,明丽娇美;又如出谷春莺、天边云雀的鸣声,曼妙清新,描绘了他与妻子相伴时的良辰美景。可惜,婚后三年,他就写赋"悼亡":"无奈尘缘容易绝。燕子依然,软踏帘钩说。"燕在人亡,往昔他与爱妻的喃喃细语旖旎柔情,已如梦幻一般消失了。睹燕思人,一片凄清。"若是月轮终皎洁,不辞冰雪为卿热。"纳兰性德把眼前的月光幻想成了日思夜想的爱人,铺洒一地清辉陪伴着他。他的身边并不缺少爱他的佳人,但他的心纯净如初,只能容得下那一个人。纳兰性德走的时候,正是繁花似锦的春天。我想,他一定是想趁着月夕花晨与爱妻团聚,弹琴赋诗,在另一个世界中相亲相爱。他把自己还给了自己。两只脱蛹而出的蝶飞出了壁垒森严的宫殿,他们在青山绿水间双憩双飞。

纳兰性德的词,字字含情,真挚动人。读他的词如同见他的人。他的词就像一朵朵梅花,于飞雪中散发着冷艳的馨香。他在无奈的岁月中诉说着他的无奈。他的词虽静卧在历史的深处,却能经受住时光长河的淘洗。三百年后的今天,我们从词中见出的是人的精神,人的性灵。历史只会淹没一切琐屑的、不足挂齿的污泥尘埃,而一切人性的光芒都不会被淹没。

1685年的春天,葬送了一个出色的词人,一个真正意义上的大写的人。三百多年过去了,大家还在捧读《纳兰词》。打开《纳兰词》,你会明白什么叫作对生命本质的热爱与追求,什么叫作至情至性。

宋朝的丰碑

如果可能，我最想去的朝代便是宋朝。今夜，宋朝的月光照着我，皎洁凉爽。我想起那篇堪称极品中的极品的千古名作，月亮、水光、凉夜、笛声、酒香和东坡共同写下的令后世人叹为观止，极其美妙的《前赤壁赋》。那是一篇清新可人的故事，澄澈干净如同《记承天寺夜游》。我的眼前浮现出东坡的身影，他面容清癯，长髯飘飘，一身仙风道骨，立于赤壁的江水间凝眸沉思。

东坡是北宋时多才多艺的文化巨人，在诗词、书法、绘画等文学艺术方面均有建树，在散文领域取得的成就尤为令人瞩目。他的散文以雄健奔放、挥洒自如为特色，正如他自己在《文说》、《答谢民师书》中所说，"吾文如万斛泉源"喷薄而出，"如行云流水"，"文理自然，姿态横生"。他的诗文凸现一颗历经磨难而旷放豁达，富有生活情趣的心灵，是他性格的升华，思想的结晶，或者说是他直率无饰的人品沉淀。多年前，我喜欢慷慨激昂地高歌"大江东去，浪淘尽，千古风流人物"；也喜欢浅斟低吟"但愿人长久，千里共婵娟"。可我却不理解这些千古名句骨血之中所隐含的沉郁顿挫之气。那时的我，只把东坡作为一位大文学家做单纯的诗词文赋层面的崇拜。

年岁逐增，我对东坡的钦佩与日俱增。这源于他豁达的心襟。东坡仕途坎坷，屡遭贬谪。因"乌台诗案"被贬至黄州，身罹北宋最大一场文字狱的迫害。晚年又被贬至当时蛮荒的岭南海南。东坡一生曲折坎坷、艰辛悲愤，饱尝丧妻别子、颠沛流离之苦。他在无路可走无家可归的绝境中，用闪闪发光的字句照亮了七月之一夜的苍穹。那是个有月光的夜晚，江面碎银般波光粼粼，扁舟在光点之间随意飘荡徐行。有如泣如诉、如怨如慕的箫声自江面响起，东坡说了"山间明月，江上清风"等开导悲观的吹箫人。东坡兼收并蓄、融会贯通儒、佛、道三家，形成自己独特的人生态度，形成一种随缘自娱、恬淡寡欲、旷达乐观的性格。人生的大豁达使他在艰险的劣境中超然物外。真不知世间有多少"吹箫人"，是经过东坡耐心的开导而提高认识，变得豁达乐观。

东坡毕竟是东坡，他比纯粹的才子型作家更让人钦敬的是他永生永世的济世胸怀。他在南贬惠州后，有一次拍着自己的肚子问周围的人，里面装的是什么？有人说是文章，他沉默不答；有人说是诗书，他摇头不语；直到红颜知己朝云说是"满肚子不合时宜"时，他抚掌呵呵大笑不已。这就是苏公做人作文的境界。他无论是居庙堂之高，还是处江湖之远，心中所念的绝非一己的功名文名，而是社稷江山与经国大业。他的写作动机在朗朗乾坤，而非名利场。他在丰湖建起行善的放生池，为百姓散尽钱财，祈求上苍保佑贫民。此心昭昭，日月可鉴。

我是芸芸昂仰东坡人群中的一名普通的小女子，犹如尘埃草芥一般微不足道。但我有幸生在东坡之后，解读他寄予高远，大气磅礴的千古襟怀。

东坡是一座矗立于宋朝的丰碑。东坡不朽！

穿越时空的声音

一灯能除千年暗

　　魏晋时某个月夜,我所仰慕的那位叫嵇康的圣贤,手持精致的七弦琴一路踏歌而行,往山间野外的华阳亭走来。古琴是有关嵇康的一个关键词。那看似简单的七根弦上蕴藉着他独特的气息、个性和精神内核。他身披罗绸短衫,盘坐在一片无边无际的长夜的寂静里。十指搭上了琴弦,七根心弦有节奏地和着松风吟唱。那琴声如同天籁,飘渺、低缓、婉转,仿佛清澈的溪流静静地淌过水底发白的石头,仿佛雾霭一点点地浸染在静谧的暮色里,若有若无,时隐时现。身逢乱世,白骨横野的残暴和污浊不堪的现实令他苦闷忧伤、愤慨绝望。弦上的琴声滑过愤慨的心灵,飞出尘世的夹缝,在一片皎洁如水的月华中寻求几许清淡。

　　嵇康可谓天人。他心如朗月,情深意真,寄形于天地间,而不为天地所拘。他用高贵的人格喂养了不屈的生命。乱世之秋,人命如草芥。阮籍为求自保,不得不与司马氏虚与委蛇。嵇康不像阮籍那样"口不藏否人物",而是"刚肠疾恶,轻肆直言,遇事便发"。他不愿与阴谋篡位的司马昭一伙同流合污,毅然拒绝高官厚禄的诱惑,宁愿在乡间靠打铁为生。昔日好友山涛投奔司马昭后荐举他为官,他愤然写下绝交书,与之断交,称"今但愿守陋巷,教养子孙,时与亲友叙阔,陈说平生,浊酒一杯,弹琴一曲,志愿毕也"。嵇康,那中国历史上独一无二的魏晋名士的精神气韵夹在凝重庄严的汉唐精神之间,熠熠生辉。他的世界属于线装典籍、桐木古琴、青花瓷器、幽兰逸菊,属于窗格上虬曲的梅枝。那是一方宁静和谐、轻灵飘逸的天地。

钟会是司马昭的功臣。他听闻嵇康大名,就去拜访他,欲荐他为官。钟会等人到他家时,嵇康正在打铁,一声不响,旁若无人,扬锤不缀。钟会悻悻然起身离去。嵇康问:"何所闻而来,何所见而去?"钟会答曰:"闻所闻而来,见所见而去。"嵇康不愿中断打铁的兴致而怠慢了他。钟会恼羞成怒,回到主子身边就添枝加叶捏造罪证,说嵇康锻造兵器,有谋反之心,论断他的罪状是"无益于今,有败于俗",不杀"无以清洁王道"。

一千多年前一个寒冷的清晨,嵇康坐着囚车走向刑场。三千余名太学生尾随其后,欲上书,请以为师。成千上万的黎民百姓为他鸣冤叫屈。其人格感召力可想而知。面对刽子手雪亮的屠刀,他提出了平生最后一个要求:弹一支曲子。他神情冷傲俊逸,如同坐在华阳亭那无边的夜色里。一股势不可挡的音乐急流,从他那高贵雅洁的手指间奔涌而出。山洪暴发出了怒号。黄河吼出了决堤的狂啸。千万匹腾空的野马在嘶鸣。大地塌陷了。灵魂撕裂了。雄浑激越悲壮的曲调如同上涨的洪水淹没了所有的人。他的身体已与古琴融为一体,那琴声仿佛是从他的身体里兀自流出。

据说,嵇康临终时弹的那支曲子叫《广陵散》,受一位世外高人秘传。这首古曲写的是战国时聂政为父报仇刺杀韩王的故事。只有嵇康这样刚直崇高的人,才能弹出这支古曲气势磅礴的真味。嵇康坚守自己的人格风范,听从心灵的旨意生活。他为此献出了珠玉之身。他像彗星那样,在大气层的剧烈摩擦中倏忽消逝,如一粒微尘落于恒沙瀚海,但他却在人类的历史上留下了一串清晰坚实的脚印,树起了一座高耸入云的丰碑。

穿越时空的声音

千载之下,我时常想起嵇康"目送归鸿,手挥五弦"的超逸风姿。独立于高天阔地之间,嵇康用他那高贵雅洁的手指,重重地拨击着琴弦,拨击着世人的心魂。激昂雄浑的琴声诉说着他的刚直与尊严。他的人格光辉永远烛照着芸芸众生。

亲亲麦子

伟辞贯日月

每逢端午,我总会被行吟的屈子所触。鲜绿的粽叶作毯,千万龙舟护航,无数的人们为屈原招魂。我手执《楚辞》,寻他斑驳的影迹。

屈原诞生于战国末期的楚国。他吟诵着楚辞的旋律,走过了秦汉唐宋元明清的漫长之旅,至今还在观望当代生活,参与我们的人生。我们随时都会被他伟大的生命散射出来的原子击中。

屈原为楚国王室的贵胄。他博闻强记,娴于辞令,明察古今兴亡,洞悉纵横斗争的局势。不料,负大才为众嫉,加之他的进谏触动了腐败贵族的利益。于是,他们进谗言诋毁屈原,使其被降为三闾大夫。顷襄王继位后,屈原被放逐于江南,被彻底地排除出了权力中心。一位伟大的天才不幸与一个王朝擦肩而过。

屈原仕途的坎坷恰恰成就了他作为诗人的辉煌。沅水舟上,汨罗江畔,多了一位面容憔悴、踽踽独行的老者。他那颗整日整夜燃烧着的心,只为着伟大的理想和目标而跳动。屈原出入山林,徘徊泽畔,他"朝饮木兰之坠露兮,夕餐秋菊之落英"。尽管遭此厄运,但他"虽九死其犹未悔"。他无法排遣积郁的哀思,向兰蕙、湘水、楚天倾诉。屈原在行吟中更加接近黎民百姓。他将一腔赤诚和哀思由胸中长啸而出,化作了光耀千古的《离骚》。他在《离骚》中穷尽各类香草以自比。即使在最落魄的时候,他仍心怀天下,求索不已。他那"长太息以掩涕兮,哀民生之多艰"的忧国忧民的思想,将神州大地渲染得高洁而明亮,并在炎黄子孙的心中生生不息,代代相传。他那"路漫漫其修远兮,吾将上下而求索"的执着精神,永远激励着世世代代的人们追寻美好而崇高的人生境界。

夜幕渐渐拉开,辗转于汉北的屈原,面容更加清癯。他茕茕独立于无边的黑夜。仰望头顶的银河,璀璨的星群使天穹显得那样高远辽阔,那样深不可测。恰恰是无边的黑暗让他看到了巨大的宇宙,看见了无限的苍茫。他借着烛光和星光,为灵魂探路。他对着浩茫的天际发问,写下了千古不朽的《天问》。他对自然现象、神话传说、历史事件等提出了怀疑和诘难,充分展示了大胆的批判精神和极其渊博的学识。感谢古典的浪漫,感谢屈原带给我们这一份博大高远的襟怀。读《天问》,我们能够感受到诗人的衣袂上沾染着月光与星光。

在中国历史上,汨罗江虽不及长江黄河源远流长,但却是一条遐迩闻名的圣河,它以万顷碧波拢成温暖的臂弯,迎接了悲愤难挨的诗人。顷襄王二十一年春,秦发动了攻楚战争。屈原目睹了国土沦陷,生灵涂炭的灾难,自知一生曾为之奋斗的理想破灭了。于是,他怀着满腔悲愤,于农历五月五日投汨罗江自沉。百姓为了纪念他,将这一天演化为端午节。

汨罗江可以收回诗人的珠玉之身,却永远无法强行收回他的杰出作品。逸响伟辞,卓绝一世,穿越沧桑,光耀千古。这不但是中华民族历史文化之光,更是高贵的人性之光。楚辞所闪耀的光芒如日月经天,朗照环宇,因其瑰丽博爱而为世间众生共同礼赞。人同此心,心同此理,理固然也。

天下典籍,巍巍篇卷,浩如烟海,为何《楚辞》堪称震烁古今中外的瑰丽奇葩? 因为它源于一颗伟大而崇高的心灵,源于可与日月争辉的巍巍人格。在艺术的殿堂里,心灵的质地与人格决定一切。"凭心而

亲亲麦子

言、不遵矩度"的《楚辞》充满了屈原堂堂正正的炽热的愤慨和悲痛，充盈着贯穿天地的浩然之气，闪耀着日月经天的伟大而庄严的光芒。沐浴着这样的光辉，我们感到慰藉而温暖。

向 死 而 生

　　天汉三年（公元前98年），一次突发事件改变了司马迁的一生，让他真正彻悟了何为"向死而生"。因大将军李陵兵败被迫投降，汉武帝勃然大怒。大臣们趋炎附势，纷纷批判李陵。耿直的司马迁实事求是为李陵辩护，认为李陵战功赫赫，足以表率天下；他的降敌是伪降，有朝一日，他还将报效汉室。汉武帝听后大怒，司马迁被定性为"诬上"。依据汉朝的律例，当判以死刑。汉武帝时代，触犯死刑的犯人有三种选择：一是"伏法受诛"；二是拿出五十万钱赎罪；三是自请"宫刑"。司马迁"家贫，财赂不足以自赎"。倘若选择死刑，已经开始著述的《史记》必将夭折。宫刑不仅仅是身体的伤残，更是心灵深处永远的伤痛。但是为了成就"究天人之际，通古今之变，成一家之言"的伟大事业，他毅然决然地选择了宫刑，去承受人生痛苦屈辱的极限，其生命价值确乎"重于泰山"！

　　走笔至此，我的脑海中浮现出了这样一幅场景：两千多年前那个中国历史上最惨无人道的夜晚，半轮冷月凄凄惨惨地挂在天穹，薄雾与愁云牵扯着笼罩着。那间阴暗潮湿的囚室墙角处，一粒如豆的灯光忽明忽暗地闪耀着。司马迁双眉紧锁。他紧挨着墙角的灯火，瘫坐在冰凉的椅子上。他的身体在流血，他的心在流血。宫刑所带来的肉体与心灵的双重巨痛已将他折磨得木讷而苍老。他沉默着。沉默中饱含着屈辱、忍耐和沮丧,但又酝酿着愤怒与抗争。此时无声胜有声。此时的无声中蕴含着强大的爆发力。神思恍惚中,他仿佛又回到了青少年时代,又在诵古文拜名师,又在访名迹览群书,又在着手写《史记》。想到了《史记》,他的双手骤然抓握成拳,仿佛抓住了命运的咽喉,把他从无边的深渊里驱逐出来。过了许久许久,他的双拳缓缓松开。他将一绺披散在额前的白发轻轻地拢到了脑际。他那紧锁的眉宇间恢复了以往那种睿智的神情,只是额头的皱纹比以前更深了。是的,是《史记》。是包罗了他人生的全部光荣与梦想,苦难与悲怆的《史记》又一次激活了他。

官刑之后,作为男人的司马迁死了,作为士大夫的司马迁也死了,而激扬文字的太史公新生了。司马迁以饱受歧视的社会最底层的眼光去看待人生,看待历史人物,难免生发出一种悲天悯人的感慨与智慧。官刑给司马迁带来的羞辱与痛苦比死亡更为可怕。他自言:"行莫丑于辱先,而诟莫大于宫刑。'自宫'之后,肠一日而九回,居则忽忽若有所亡,出则不知所如往,每念斯耻,汗未尝不发背沾衣也。"人类历史上从来就有不惮于死的文人志士,但为了人生理想而不惮于将肉身与心灵交给尘世摧残的英雄却寥寥无几。司马迁遭受了巨大的不幸,但他咬紧牙关,承受不幸,恰恰正是这巨大的灾难激发了他惊涛拍岸的生命最强音。身受宫刑的不幸遭遇使他悲愤至极,激发了他发愤著书的决心。他表白:"文王拘而演《周易》;仲尼厄而作《春秋》;屈原放逐,乃赋《离骚》;左丘失明,厥有《国语》;孙子膑脚,《兵法》修列;不韦迁蜀,世传《吕览》;韩非囚秦,《说难》、《孤愤》;《诗》三百篇,大抵圣贤发愤之所为作也。"处在最惨痛最恶劣的境遇中的司马迁不放弃精神自由,发愤著书,以尊严的方式承受苦难。在生死攸关的转折关头,他迈出了堪称伟大悲壮的步伐。这种选择本身就彰显了人性的高贵与神圣。司马迁忍辱含垢,在书斋里呕心沥血地酝酿出了清醇的美酒。

他终于完成了具有开创意义、规模宏大的历史巨著——《史记》。中华民族文化发展的历史上又增加了熠熠生辉的亮点。

伟大的受难者与伟大的创造者一样,受到了世世代代人们的敬仰。我无意颂扬苦难。但是,大大小小的苦难是每个人生的必含内容,一旦遭遇,请别忘记司马迁这位以内身的残缺修得精神与功德的双重圆满的永垂不朽的英雄。当不幸与苦难袭来时,请以乐观的态度果敢地迎接它。向死而生的大史公手捧《史记》启示我们:当一个人带着因承受苦难而获得的精神价值继续生活时,他的思想与创造必然会有更加深刻的特质与底蕴。

亲亲麦子

在秋天怀念秋白

在秋天，我想起了一个人，一个一提及他的名字就会让人的心灵隐隐作痛的人。他就是中国现代史上著名的革命家、文学家、翻译家瞿秋白先生。秋天的静美让我想起秋白。一年四季里，唯有秋天是说不尽写不完的。春之萌动的朝气，夏之蓬勃的绚烂，冬之寂寥的静谧，皆蕴藏在秋韵里。博大深邃而又坦荡明朗的秋白犹如一幅永远读不完的秋天的图画。澄澈空灵似乎又折射着慧光的秋水意象，让我想起秋白生命的纯净与内蕴的深厚。秋白爱秋天，曾作《咏菊》诗云："今岁花开盛，宜栽白玉盆。只缘秋色淡，无处觅霜痕。"

瞿氏家族世代簪缨。家道中落后，瞿秋白饱尝了寄人篱下的痛苦。20世纪初年的瞿秋白虽厄塞当途，却意气风发。有诗云："万郊怒绿斗寒潮，检点新泥筑旧巢。我是江南第一燕，为衔春色上云梢。"秋白酷爱文学，他的血脉中沸腾着诗人的血液。他写作、翻译的文学作品，折服了整整一代人。他的才华熠熠闪光。他在上海大学讲课时，听课的人挤满了礼堂。他的文采和思想影响了整整一代人。在那个风雨如磐的乱世之秋，他可以选择合起壳涵养自我，躲进小楼成一统，著书立说，在文化领域内有所建树，换取现世的名利和舒适安逸的生活。但是，他没有。

瞿秋白先生在《多余的话》中说："从少年时候起，我就憎恶贪污、卑鄙……以至一切恶浊的社会现象。"忧念民瘼、心怀社稷的秋白,想得更多的是"为大家辟一条光明之路"。这是他毕生的追求和向往,也是他一生奋斗的归宿。目睹生灵涂炭,百姓处于水深火热之中,他跃向黑暗,将自己的珠玉之身化为一支蜡烛,举身自燃,放射出烛照千古的光芒。

木秀于林,风必摧之!瞿秋白,这个名字的正面是人性的勋章,背面是人性的疮疤。在中国历史上,凡是光耀千秋的慷慨之士,必遭小人恶人的戕害。秋白在革命征途中遭到了左倾路线王明等人的迫害。长征时,又找借口拒绝带他北上。他奉命留在江西。1935年2月,在从江西往福建转移时,被叛徒出卖被捕。蒋介石威逼利诱未能使他屈服,遂下令枪决。1935年6月18日,他看了蒋介石"将瞿秋白就地处决具报"的电令后,神态自若,缓步走出囚室,至罗汉岭下的草坪,盘膝而坐,说道:"此地甚好,开枪吧。"话音刚落,一位戴着近视眼镜清癯秀气的书生缓缓伏地……中国现代史上一颗光芒四射的星辰从此陨落。秋白牺牲后,鲁迅先生说:"中国人现在自己把好人杀完,秋即是其一……像他那样的,我看中国现在少有。"

至真至诚至情至性的秋白是个理想主义者。何为理想主义者?知其不可为而为之,宁可舍其事而成其心。一个没有理想主义的民族是悲哀的,甚至是可怕的。理想主义者对于光明正义、真理自由等美好事物的追求和向往可以调动许多人的情感,甚至是一个民族的情感。理想主义者的理想是一个民族灵魂中极其珍贵的内核。

我们从"瞿秋白"这个名字中呼吸到的是崇高精神不朽的芬芳。他为了人类的终极理想而献身的崇高精神将永远震撼世世代代芸芸众生的心灵。

亲亲麦子

尊 严

　　思想形成人的伟大，尊严形成人的高贵。对于一个人来说，襟怀、境界、思想、才华、品貌、人格尊严……都是构成其为人的重要因素。但是，最重要的是，支撑其信仰与生命的，还当属尊严。一个人，倘若丢失了宝贵的尊严，就变成了灵魂缺乏钙质的精神侏儒。一个民族假如丢弃了尊严，就难以独立自主繁荣昌盛。华夏民族血脉的遗传基因里，自初就有一种高贵神圣的尊严意识。华夏历史上无数仁人志士，用他们的信念风骨，甚至于热血生命，捍卫了民族的尊严。他们用铮铮铁骨承担着薪火相传的大任。

　　想起苏武牧羊的故事，心中就回荡着童年时跟老师学会的那首低沉悲壮的歌曲："苏武留胡节不辱，雪地又冰天，穷愁十九年。渴饮雪，饥吞毡，牧羊北海边。心存汉社稷，旄落犹未还。历尽难中难，心如铁石坚。"公元前100年，汉武帝刘彻欲与匈奴化干戈为玉帛，派中郎将苏武携厚礼出使匈奴，护送被扣留的使者归去。当苏武完成使命即将返回时，匈奴内部的缑王欲篡权夺位，趁单于出猎之机，密谋射杀重臣卫律，劫持单于母亲。事败后，苏武因其属下张胜参与此事而受牵连。单于让卫律刑讯苏武。卫律以荣华富贵诱降。诱降虽无刀光剑影，但却极易戕灭人的尊严。面对"富贵不能淫、威武不能屈"的苏武，单于黔驴技穷，就将苏武流放北海牧羊。苏武身在北海，心向汉室。他白天捉野鼠、采草籽果腹;夜晚则思故乡,念社稷。他在风餐露宿饥寒交迫中度过了十九载。直至匈奴与汉朝再度和亲,他才得以归汉。传世名篇佳作《正气歌》中列举了诸多"垂丹青"的正气,其中之一便是"在汉苏武节"。

《正气歌》的作者文天祥,是一个逝去了千百年依然如日月般光耀千古的人物,一个再过千百年仍然如江河般浩气磅礴的人物。生于南宋时期的文天祥是个文武全才。公元1279年,文天祥不幸兵败被俘。在英雄末路的生死关头,文天祥毅然决然地选择了与国家民族共存亡。在被元军押解的途中,他将满腔的悲愤与忠烈,化作烛照千古的《过零丁洋》:"辛苦遭逢起一经,干戈寥落四周星。山河破碎风抛絮,身世飘摇雨打萍。惶恐滩头说惶恐,零丁洋里叹零丁。人生自古谁无死?留取丹心照汗青!"吟诵着"人生自古谁无死?留取丹心照汗青",谁个血性儿女能不热血沸腾?!元人见威逼利诱皆未能动摇其意志,便将他关押进阴暗潮湿的牢房,其险恶用心是让极端恶劣的生存环境折磨他,消磨他的意志,使其俯首就范。公元1281年夏末的一个晚上,牢房内闷热难耐,文天祥辗转反侧,思绪万千,难以入眠。他点燃了案头的灯盏,摊开了纸墨,秉笔直书:"天地有正气,杂然赋流形。下则为河岳,上则为日星。于人曰浩然,沛乎塞苍冥……时穷节乃见,一一垂丹青。"这不是寻常诗文,这是中华民族尊严的慷慨呼啸。无数仁人志士因这一首诗歌而脊梁愈挺,中华民族因这一首诗歌而脊梁愈挺。

尊严是做人的原则和立场。尊严和出身、权位、资产、才貌无关。每一个人都可以用自己的道德和良知来诠释自己的尊严,用自己的凛然正气来捍卫尊严。尊严就是一个政坛官员面对贿赂红包的严词拒绝;尊严就是商场老板不经营假冒伪劣产品的那一份对道德的坚守;尊严就是一位作家不为稿费而炮制垃圾文字的严格自律;尊严就是平

亲亲麦子

民百姓为了生活而洒下的滴滴辛勤的汗水。为了尊严,李白不愿"摧眉折腰事权贵";为了尊严,朱自清"宁死不食嗟来之食";为了尊严,在西安打工的蒋德银和妻子将在垃圾堆里发现的密码箱中的万元现金千里迢迢送到失主手中。捍卫尊严,即使身份卑微的人也显得高大挺拔;践踏尊严,即使地位显赫的人也显得渺小丑陋。

"尊严"这个词,犹如一座耸立着的山峰,时时警示着我们:热爱生命,干净做人,存真存善存美。

附录

张佐香访谈录

李超　张佐香

乡村的文学启蒙

李超：张老师，您好！读您的文章，总感觉您出生于书香门第，您可以谈谈您的父母吗？

张佐香：我出生于普通的农民家庭，母亲不识字，父亲小学文化。他们和中国绝大多数农民一样，善良、宽厚、隐忍、坚强，并拥有随遇而安的平静和豁达、超脱。虽然我家境贫寒，但我是在充满爱的氛围中长大的。这使我觉得，生活中充满了融融的暖意。

李超：您出生于农家，又做了十多年乡村小学老师，这对您的创作有哪些影响呢？

张佐香：我很庆幸，我是农民的女儿。乡村的生活，使我能够与村子里树木、田野里庄稼、园子里蔬菜交朋友。我喜欢在田边阅读，倦了听庄稼啪啪拔节的声音，或者赤脚在新雨后的泥土上行走，贪婪地呼吸鲜洌的空气。大自然这种生动、充沛的元气，让我的心灵与土地，以及土地上的一切生命产生了联系。

李超：您可以谈谈乡村与您文学创作的关系吗？

张佐香：最难忘的是漫长的夏季，全村男女老少聚在我家门前空旷的麦场上纳凉聊天。庄上几位爱读古书的老人绘声绘色地讲些惊心动魄的历史演义和张牙舞爪的鬼故事。这些故事,生动传神、感人至深,充满着生与死、情与爱,应该算作我的文学启蒙吧。

朝着一个方向努力

李超:您是如何走上写作之路的?

张佐香:初中时代,我就喜欢读鲁迅、朱自清、孙犁等人的作品,并开始涂涂画画。后来考入淮安师范,一有闲暇,我总是到图书馆阅读,并在校报上发表了些诗歌、随笔。

李超:难怪您的散文语言那么优美,原来是写诗出身,那么后来怎么开始散文创作的呢?

张佐香:我先生说我是早年写诗鲜有发表,后转攻散文,一发而不可收。2003年,我与先生相识后,他说我有写作天分,鼓励我多写多投。不怕您见笑,当初投稿是为了赚点稿费,改变改变生活……不过,现在生活安定下来了,观念也改变了。

李超:您夫妻都是省作家协会会员,可以谈谈您先生对您的写作帮助吗?

张佐香:我的先生写的虽然少,但是眼光很"毒",鉴别能力强,文友们戏称他是我的经纪人。当初他鼓励我写作时,我并没发表几篇文章。后来,他帮我修改润色后的稿件屡投屡中,频频在全国各地亮相,增强了我的写作信心。

李超:您是如何处理工作和写作之间关系?

张佐香:上班时,我把时间和精力全部用在工作上,力求高效率、高质量完成工作。节假日,我则放弃休息,进行阅读和写作。当然了,这也离不开单位领导为我营造的宽松环境。好的环境对一个人成长和成才至关重要。

李超:有人说,写作一靠天赋,二靠勤奋,您是如何看待的?

亲亲麦子

张佐香:其实做什么事情除了天赋以外,都靠勤奋。只有博览群书,勤奋写作,才能手眼相通、心与神通。眼有所见,手则能录,谓之手眼相通,此乃小通;心与万物交汇,谓之心与神通,此乃大通。品读文学大师作品,我感到他们除了语言运用达到炉火纯青的境界外,更是对宇宙和生命精神的感悟已进入十分精微而又宏阔的境界。对于大师作品,我连赞叹的话都说不好,真不知道需要投诸多少心力才能写出真正的好作品。

李超:您最喜欢哪些作家呢?他们对您有什么影响?

张佐香:古今中外优秀作品我都喜欢。就中国来说,我更喜欢古代的屈原、李白、王维、苏轼、曹雪芹等,现当代的鲁迅、朱自清、老舍、孙犁、冰心、余秋雨、梁衡、李汉荣等。这些作家对我影响都比较大。读他们的作品,我感到置身于惊涛拍岸的大境界,灵魂得以震撼。灵魂的震撼是穿透纸背,直抵文字内核的,并指向道德和人格。古人将"道德"和"文章"相提并论是有深意的。大树根向下扎,是为了接近地母血脉,承接营养,根扎的越深越枝繁叶茂。阅读相当于扎根,写作相当于树冠向着太阳逼近,抽出新枝长出绿叶,撑起绿阴。写作从阅读前人作品中来,又实行有限度的"背叛",在继承的基础上创新。这也是许多卓有建树的作家走过的路。

李超:余秋雨先生赞誉您的文章"有一股大道正气,又有自己的切身体会,没有沾染文坛的不好习气",这一点您是怎么做到的?

张佐香:板桥先生诗云:"咬定青山不放松,立根原在破岩中;千磨万击还坚劲,任尔东西南北风。"坚持自己的,一步一步朝着一个方向走,别问得失。

渴望建构精神系统

李超:这是一个多元化时代,文学失去了轰动效应,已经走到了社会的边缘。您认为文学存在的理由是什么?

张佐香:陀思妥耶夫斯基说过:"世界将由美来拯救。"但在人类血雨腥风的历史中,美又拯救过谁呢?!不过,美可以净化我们的心灵,提升我们的精神境界。在美的本质里,存在一种特质:它能使最顽固的心灵折服。真正优秀的文学作品仿佛是一颗无所不容的伟大心灵,充满了对世人的怜悯和关注,从每一个角落,以一切方法来表达它的慈悲与关怀。真正的写作不是为了名利,而是想让世界听到一种独特的声音,增强世界的多元性。缘此,文学才会产生一种神奇的能够推动人类朝着有益于生存发展的轨道上行走的力量。文学的这种特性使其获得了永远存在下去的理由。

李超:您认为文学存在下去有哪些作用?

张佐香:文学如滋润灵魂田亩的细雨,赋予人类一种由此及彼的移情能力,通过认识自己达到认识他人、认识社会的能力。文学还培育并强化了同情心和化解隔阂的能力,可以沟通各地域人类浓缩的经验,以终止人类继续分裂,让不同的价值标准得以调谐,使世界各族人民能深刻而正确地了解彼此的历史,感同身受地在人与人、群体与群体之间建立一种和谐关系。文学的巨大作用不妨将其称之为隔膜丛生的现实的粘合剂。文学使我们的生命沐浴圣洁的辉光,使我们的生命充实、饱满而美好。

李超:您认为文学创作中什么在起主导作用?

张佐香:当作家的语言达到登峰造极、炉火纯青的境界时,起主导作用的应该是人格魅力、精神境界。如果一个作家的精神境界没有提升到一定高度,那么只能写写浅显的、小情小调的、感受性的文字。这种文字是肤浅的,宛如没有经过熬炼的矿石。一个作家的精神境界达到一定高度时,就可以和宇宙万物相通,获得一种生命精神,形成自己的精神系统。精神系统一旦建立,文学就会无处不在,看什么都具有

亲亲麦子

文学要素:四季轮回、日升月落、鸟语花香、市井百态……这些都会化为文学。这样的文字笔触非常有宽度,宽至涵盖整个社会,也非常有深度,深至纵横古今。

李超:您如何诠释精神系统对作家的作用?

张佐香:精神系统是个构架,其学识、阅历、体验等将形成无数子系统。这无数的子系统又被精神系统所包容、规整,使作家达到自由已经降临、无限相去不远的境界,那时写的是有限的文字,却同无限接壤。此时,"开卷"必将"有益",外界诸物于己哪些有用,哪些无用,一目了然。而那些有用的东西飞入眼帘,进入脑海,同本来的东西结成一体,致使库存更加丰富。这些有用的东西就会支持作家的创作,使作家精神境界中的浩然正气和悲悯情怀喷薄而出,形成文字。这样文字便活了起来,拥有道义的力量、智慧的力量、情感的力量和美的力量。这种创作是从生命出发,从生命感受走向生命精神,走向精神境界。这样创作出的作品会博大精深、内容丰厚,如一盏盏明灯,照亮了人类前行的道路。这,永远是我努力的方向。

李超:请您谈谈您是如何看待散文这一文体?

张佐香:散文易学而难工。我越来越觉得,散文不是一种轻松的文体。乍看起来,散文是一种自由随意的文体,大至天文地理、沧海桑田,小至家长里短、柴米油盐,都可以在文章中娓娓道来。散文散文,既散且文,"文"是指文采。优秀的散文应该是美文,要文采焕焕,妙语迭出,气韵绵长,诗意盎然,具有灵动之妙。因此不能写得太实,又不能写得太空,必须把事、景、情、理、趣、味、境融为一体,形似与神似兼备,亦真亦幻亦庄亦谐,既要有画外之境弦外之音,又要质朴平实。最不容易面对的是散文的思考。小说的思考可以通过故事情节生长出来,通过人物形象来表现,而故事情节和人物形象往往还会超出作者的思考,出现令人意外的惊喜。散文的思考只能靠一字一句的推动,一步一步地向台阶上迈进,靠作者的心跳和呼吸,甚至血泪参与。散文讲究的是以心会心,以灵魂征服灵魂,以真诚抵达真诚。优秀的散文有动人心魄的东西,有让人感到精神通脱通透的东西。"凡物酿之得甘,炙之得苦,唯淡也不可造。不可造,是文之真性灵也。"大味必淡,淡中求腴,我认为是散文的最高境界。

李超:您认为散文创作关键靠什么?

张佐香:风格。独特的风格。风格是作家在作品的思想、题材、技巧、语言等方面显示出来的独特的个性,是作家思想情感透过文字的表达而构成的一种属于自己的特殊的格调。风格的内核是"真我"。18世纪法国文学家布封提出了"风格就是人"的著名论断。风格是作家精神风貌和个性的体现,是与众不同的"自己的声音"。刘熙载在《艺概·文概》中说:"周秦间诸子之文,虽纯驳不同,皆有个自家在内。"风格之根柢是作品在骨血里就与众不同。没有独到的人格和艺术的双重修炼,风格何来?欲成就一己之风格,自然要熟知别人之风格,以便为自己寻个人迹未至处,作为落脚点、安身处。独特的创造性可以指引作家一生。作家不仅要营造风格,更要发展风格,扩充风格。风格不仅仅具有固守的意义,更应该成为迎迓满天星光的湖面,以便使视野之外的世界登堂入室。

李超:风格形成关键靠什么?

张佐香:首先是人格。作品是作家思想和人格的具体表现。"吟咏之间,吐纳珠玉之声,眉睫之前,卷舒风云之色。"(刘勰《文心雕龙·神思》)散文家必须锻造高尚的人格,才能把自己感受的美和独特的心灵美质传达给读者。其次是创新。创新意识与创新精神来自上帝赋予人的第一推动力:人性中最不可或缺的美德。失去了这种美德,就找不到人格的支撑。作家只有一次次回归纯洁、美好的"初心",一次次地从纯洁、善良、博爱、悲悯的天性中汲取最本质最真诚的动力源泉,才能找到最高信仰,走向创新的坦途。

李超:近三年来,您的散文作品频频被中高考试卷设计为阅读理解题,著名试题研究专家罗胤先生强调现代文阅读"要关注名家,尤其是像张佐香、乔叶等新生代女作家",这应该与您作品风格分不开吧?

张佐香:那是巧合。相对来说,教辅类报刊喜欢发表我的文章,大概我的文章更有利于孩子们成长吧。同时,这个时代像我这么"笨写"的也少了。

李超:您谈谈您下一步创作打算好吗?

张佐香:坚持写散文,进一步营造自己的风格。文学发展的经验表明,"横的移植"国际化,"纵的继承"民族化,"乡土情怀"本土化,都有道理又都有局限,只有合在一起才能成其大。